正在写诗

地球上的宅基地

张执浩 主编

江苏凤凰文艺出版社

图书在版编目(CIP)数据

正在写诗：地球上的宅基地 / 张执浩主编. —南京：江苏凤凰文艺出版社，2021.8
ISBN 978-7-5594-5848-3

Ⅰ.①正… Ⅱ.①张… Ⅲ.①诗集-中国-当代 Ⅳ.①I227

中国版本图书馆CIP数据核字(2021)第077723号

正在写诗：地球上的宅基地
张执浩　主编

出 版 人	张在健
责任编辑	李　黎
特邀编辑	郭　幸
装帧设计	祁泽娟
责任印制	刘　巍
出版发行	江苏凤凰文艺出版社
	南京市中央路165号，邮编：210009
网　　址	http://www.jswenyi.com
印　　刷	苏州市越洋印刷有限公司
开　　本	880毫米×1230毫米　1/32
印　　张	22.75
字　　数	437千字
版　　次	2021年8月第1版
印　　次	2021年8月第1次印刷
书　　号	ISBN 978-7-5594-5848-3
定　　价	98.00元

江苏凤凰文艺版图书凡印刷、装订错误，可向出版社调换，联系电话 025-83280257

目 录

王单单诗选　002

王天武诗选　024

方闲海诗选　052

石头诗选　076

玉珍诗选　098

毛子诗选　122

邓方诗选　146

西娃诗选　172

李志勇诗选　194

刘川诗选　218

刘年诗选　238

吕约诗选　272

朱零诗选　292

朱庆和诗选　316

灯灯诗选　340

巫昂诗选　360

余幼幼诗选　386

张二棍诗选　408

张羞诗选　　*430*

弥赛亚诗选　　*446*

袁玮诗选　　*474*

聂权诗选　　*494*

谈骁诗选　　*518*

康雪诗选　　*544*

臧海英诗选　　*572*

陈小三诗选　　*600*

槐树诗选　　*624*

颜梅玖诗选　　*646*

魔头贝贝诗选　　*672*

赵志明诗选　　*696*

跋　　*720*

王单单 王单单,1982年生于云南镇雄。曾获首届《人民文学》新人奖、2014《诗刊》年度青年诗人奖、2015华文青年诗人奖等。2016—2017年首都师范大学驻校诗人。出版诗集《山冈诗稿》《春山空》。

我几乎能想象王单单写诗时的模样。当然,这话也可以反过来说:我几乎能想象王单单不写诗时的模样。一个为诗而生、把诗歌视为生命的人,应该不会有机会过上"退而求其次"的生活,因为他努力要践行的是一个诗人的生活,而非"诗意的生活"。

    王单单身上一直背负着那个看不见的狄俄尼索斯,在不断地逃离与返回之中,他抵达的也只是他自己能够触碰和感受到的隐秘家园。我第一次见到他,他就把眼睛喝坏了,但对于一个天生的诗人来说,眼睛并不见得比身体的其他器官重要,否则我们就很难理解那些存活于文学艺术史上的"瞽矇者"。"我就是要叛逆/不给其他水同流的机会。即使/夹杂在它们中间,有一瞬的浑浊/我也会侧身出来,努力澄清自己"——这种一意孤行的代价显然是巨大的,我们也因此才有机会见识,什么叫不合时宜,什么叫随波逐流。

    而成为一位真正意义上的诗人,恐怕仅有"叛逆"之心是不够的。王单单和他诗歌的意义恰好反证了我的判断:诗歌是一种行动。这种行动能有效地将写作区别于司空见惯的情感冲动,从而让诗歌服膺于我们的心灵世界,最终成全我们的生活。

堆父亲

流水的骨骼,雨的肉身
整个冬天,我都在
照着父亲生前的样子
堆一个雪人
堆他的心,堆他的肝
堆他融化之前苦不堪言的一生
如果,我能堆出他的
卑贱、胆怯,以及命中的劫数
我的父亲,他就能复活
并会伸出残损的手
归还我淌过的泪水
但是,我已经没有力气
再痛一回。我怕看见
大风吹散他时
天空中飘着红色的雪

数 人

从我这里,往上浮动四代
按辈份排列分别是
正、大、光、明、廷
一次,在老祖宗的坟前
我的伯父喝醉了,对我说
正字辈、大字辈和光字辈
已全部死光,明字辈的
你的父亲王明祥、大伯王明德
斑竹林长房家叔伯王明武
以及幺叔王明富都走了
还剩下我几个老不死的
泥巴已堆齐颈子
我的伯父,伸出左手
点着一个死去的人
就倒下一个指头,似乎
要把自己手上的骨头
一根一根地掰断
数到我们廷字辈时
他刚倒下一个指头
我就感到毛骨悚然

卖毛豆的女人

她解开第一层衣服的纽扣
她解开第二层衣服的纽扣
她解开第三层衣服的纽扣
她解开第四层衣服的纽扣
在最里层贴近腹部的地方
掏出一个塑料袋,慢慢打开
几张零钞,脏污但匀整
这个卖毛豆的乡下女人
在找零钱给我的时候
一层一层地剥开自己
就像是做一次剖腹产
抠出体内的命根子

工厂里的国家

把云南、贵州、四川、山东等地变小
变成小云南、小贵州、小四川、小山东……
这个时代早已学会用省份为卑贱者命名
简单明了。省略姓氏,省略方言
省略骏马秋风塞北,省略杏花春雨江南
如果从每个省、自治区、中央直辖市和特别行政区
分别抽一个农民工放到同一个工厂里
那似乎,这个工厂就拥有一个
穷人组成的小国家

去鸣鹫镇

走的时候,他再三叮嘱
请替我向哀牢山问好
请替我在鸣鹫镇穿街走巷
装本地人,悠闲地活着
请替我再游一遍缘狮洞
借八卦池的水,净心
说到这里,电话突然挂了
我知道,他的喉管里有一座女人的坟
那些年,我们翻出红河学院的围墙
去鸣鹫镇找娜娜——教育系的小师妹
他俩躲着我,在旷野中接吻
在星空下拥抱。每次酒醉
他都会跑来告诉我
娜娜像一只误吞月亮的贝壳
掰开后里面全是白嫩嫩的月光
此时我在鸣鹫镇,他又来电话
让我保密他的去向,让我
不要说出他的沧桑

顺平叔叔之死

过早地闭眼了,孩子们也没怎么哭
像上帝的鞋底抖落一粒沙
滚过官邸坎时,被一阵风揉进我眼里
顺平叔叔的病很深,要去大医院打开身体
像撬开一个阴暗的仓库,把里面那粒
发霉的谷子摘除。顺平叔叔忌医
他说开膛破肚后,心,会被城里人换走
穷,碰哪里都能出血。他日子苦,我们姑且当真
我曾经回家,见他躺在村口草堆上烤太阳
翻来覆去地烤着。忠实的奴仆,把自己当成魔鬼的面包
他撑起骨架,指着一棵泡桐对我说
"我三十年前栽下的树,现在可做一副棺材了"
那天夜里,我梦见泡桐花落了一地
后来,听说村里人把他从县城医院抬回来
黑夜深不可藏,尸体放在田野三天三夜
顺平叔叔死了,死得远远的,有家也不能回
时隔多年,我又回到官邸坎
看见那棵被砍去的泡桐根部
又生长出几棵小小的泡桐

丁卡琪

丁卡琪真的吻过我。唇印
在左脸上,像一颗生锈的螺丝钉
把我拧紧在城市的东郊

丁卡琪不一定叫丁卡琪
也许,她叫菊菊,翠翠或者花花
她以为,有了好的翅膀
就能在夜间飞行
东南西北地飞,低空展翅
羽毛,被灯红酒绿烧毁

丁卡琪去湖北探母,回来向我讲述
坐飞机的感受,她说
从天空看城市的夜景
光明,支离破碎

很多次,穿过东站,穿过上凹村
穿过污水横流的巷子,穿过丁卡琪
我就戳上了黑暗的肋骨,坚硬而锋利

出租屋里,我喝丁卡琪的半瓶劣质红酒
她倚着我肩,娴熟地吐出一口

纯白色烟雾,丁卡琪说像一袭婚纱
可惜,无法抓住——

丁卡琪坐在我对面
不言不语,像民航机场待航的客机

叛逆的水

很多时候,我把自己变成
一滴叛逆的水。与其他水格格不入
比如,它们在峡谷中随波逐流
我却在草尖上假寐;它们集体
跳下悬崖,成为瀑布,我却
一门心思,想做一颗水晶般的纽扣
解开就能看见春天的胸脯;它们喜欢
后浪推前浪,我偏偏就要润物细无声
他们伙在一起,大江东去
而我独自,苦练滴水穿石
捡最硬的欺负。我就是要叛逆
不给其他水同流的机会。即使
夹杂在它们中间,有一瞬的浑浊
我也会侧身出来,努力澄清自己

在孤山

我把所有的孤岛都看成
水中坐牢的石头,不说话
终日忍受惊涛拍岸的酷刑
海未枯,涛声不会旧
如果破釜沉舟,断了回去的路
从此就不想家,不想岛外的人

亲爱的兰隐,我是这样想的
岛上有寺,艾叶兄可削发为僧
当一天和尚,撞一天钟
直到月落乌啼,秋霜满天
胡正刚憨厚老实,让他周而复始
将山下的礁石,推至山顶
再滚入水中

而你和我
一个心慈面善,适合烧香
一个玩世不恭,需要拜佛
闲暇之余,可去林中
那里有两架秋千
一直空着

壬辰九月九日登山有感

长大后,我就不停地攀爬
从老家的鸡啄山到镇雄最高的噶么大山
从乌蒙山到云南有名的哀牢山
甚至是众神居住的高黎贡山
一次又一次,多么令人失望
我所到达的山巅,天空灰暗
其实,爬了那么多的山
流了那么多的汗,我只想找到
小时候,父亲把我举过头
我看到的那种蓝
那种天空的蓝

昵 称

在没有遇见炉火前
哦,不！在没有遇到伤口前
所有的刀,都只是铁的昵称
命运这个老铁匠
它总认为,我是一把好刀
它总让我,立起来
站在自己的伤口上

回 家

儿子夭折后
埋在离家二十米的荒地上
四哥在他坟前栽一棵竹子
并刻上名字。绝望中
带着四嫂离家出走。
七年了,四哥不知道
当年那棵竹子,已由一棵
变成两棵、三棵……
正朝着他家的方向
渐渐蔓延成竹林
如今,有棵稚嫩的笋子
已破土而出,就快抵达
他家门口

云冈石窟

石头怀上佛胎
并让它成为囚徒,在子宫里
修行,接受时间的戏谑与嘲弄
你看到的,佛,残脸,断臂
眼眶空荡,襟袍上落满鸽子灰白的粪斑
导游讲完北魏迁都的历史后
带着旅游团离开了,剩下孤零零的佛
嵌在石壁上,像是
被绑架,或者活捉。等待
下一次围观,身世被再次复述
那天我观佛入迷,最后一个
走出石窟,朋友们在岩石下
谈论我出来的样子,像尚未完工的佛
而那时,人间零下十四度
寒风像刀子,还要继续雕刻我
实在受不了,我又返回窟中
这次,只是为了避风

呼 渡

积石山下静悄悄的
菩萨们躲在洞窟里
歇凉。而我头顶烈日
只身来到黄河边
朝着对岸大喊

谁来渡我?

峡谷中传来回音
一次次,仔细辨听
又像是洞窟里的泥塑
向我寻求同样的帮助

我能渡谁?

启示录

流水凝固在山崖
波涛定型于涌状
浪花保持了绽姿
听经时,有人顿了一下

这是数九寒天里,悬空寺一幕
它让我明白:
万物在逝去的过程中
神,曾经一次次地挽留

在江边喝酒

古人说的话,我不信
江水清不清,月亮都是白的
这样的夜晚,浪涛拍击被缚的旧船
江风吹着渔火,晃荡如心事
这一次,兄弟我有言在先
只许喝酒,不准流泪
谁先喊出命中的疼,罚酒一杯
兄弟你应该知道,回不去了
所有的老去都在一夜之间
兄弟你只管喝,不言钱少
酒家打烊前,整条船
都是我们的,包括
这船上的寂静,以及我们
一次又一次深陷的沉默
兄弟你知道,天亮后
带着伤痕,我们就要各奔东西
兄弟你看看,这盘中
完整的鱼骨,至死
都摆出一副自由的架势

愿 望

抚平额上的峡谷,解冻头顶的雪山
压住你卡在喉间上气不接下气的咳嗽
你终于明白,人生最美的东西都在背后
你一直想,扔掉拐杖、老花镜和助听器
从耄耋撤退,退回到古稀,退回到花甲
退回到你办公室的椅子上
翻牌、斗地主,熬你退休前漫长的天命
退回到不惑,退回到主席台上,高谈阔论
带着一头雾水
到你的鲜花与掌声中去拥抱、握手
退回到你的而立之年,娶妻生子
做房奴,按揭青春,为柴米油盐
和她闹得你死我活
退回到你风华正茂的年代
去花前月下,做风流的鬼
去恋爱,去工作
退回到你顽劣的童年
马路上,挖闪脚坑
舔九妹扔掉的糖果纸
退回到你口嘬拇指的年代
从母亲"幺儿乖乖"的声音中酣睡
最好是收起你呱呱坠地时的哭声

最好是交出你睁眼时的第一缕阳光
退回到子宫去
最好是,把人间也带走
像不曾来过一样

王天武

王天武,辽宁阜新人,有《自编集》两本。

在我个人的阅读记忆中,早期的"扎西"比晚期的"王天武"好读,但有趣的是,"王天武"却比"扎西"好懂。为什么会有这样的印象呢,当我再一次集中阅读王天武传给我的这些作品时(这也是他本人几经修订后最终确定的作品),我似乎理解了这位诗人在写作风格上的前后反差,甚至反转。"我没有活得更好/也没有死得更好/我只是骄傲得更好"——在这种近乎供述的语调中阅读王天武,你可以渐渐看清诗人窘迫而丰沛的情貌,他已经摆脱早年相对繁复的修辞,回归到了一种自言自语,却声声入耳的状态,没有花腔,也没有口吃,他只是一味地将自我的心声和盘托出,有些地方真实得令人心碎。这种回归语言本质的写作对诗人往往只发出一个律令:真诚。惟有真诚,才能保证书写者牢牢盯住自己的内心,而心无旁骛地呈示出沟通之必要,之有效。

王天武在某种程度上可以视为一位"病人",但这种病与身体的疾患并无多大关系。他的写作建立在相对幽闭的现实处境中,他的情感冲突始终徘徊在不会比一只"信封"更大的空间范围内。因此,我们在阅读王天武的这些诗篇时,常常会感叹,最好的诗歌一定关乎某些秘不示人的情感,尽管这样可能会对亲近的人带来伤害,但更大的伤害却来自写作者自身。

我度过了极其完美的一生

我度过了极其完美的一生
我比石头富有
我有很多口袋,能装下父亲
红色和白色、祖先
我把贫穷分给每一个穷人
把风分给每一个富人
法律分给国家
云分给植物
书画好横线的地方作为地平线
太阳每日降落
作为晚餐

一个男人一旦娶了一封信

一个男人一旦娶了一封信
就不再和人说话
他就会幽暗,住进抽屉里
他的年轮扁平,没有更多回旋

他有时瞥着信
感受信的轻瞥
当他意识到不能直直穿过她
就像信的开始

他为什么选择一封信
信不说话
信像储藏室
很多东西,永远放在那儿了

我就是那个娶了信的男人
我正经历文字奇妙的性
那么多"固定"让我不满足
我陪着一封不说话的信

你们不知沉默的辛苦

中年自省

很多人在成年长大
很多悲伤在成年后不再悲伤
当你因为没有悲伤而悲伤时
悲伤不再是把手
你怎么打开门
我没有活得更好
也没有死得更好
我只是骄傲得更好

血　液

我的血液里有母亲的血液
和父亲的血液
他们是我童年的血液

我的心里向外流着
朋友的血液
他们循环,又流向我的心

我的手摸到孩子的伤口
他向外流着不知道谁的血液
可能是未来的

我的父亲,正在收回他血液里的魔术
母亲,将她的血液带到地下
我的童年,真正衰老了

常常,他看着我
就像我的父亲
只会用简单的词,表达简单的意思

事实在忧郁

(给许梦熊)

魏尔伦说他哀伤的肉体像一部小说一样站着
借着黄昏,我看着魏尔伦,是事实在忧郁
我在他的肉体里站了一会,风吹过来
甚至能用手指触摸它们

夜行列车

我在火车上,穿过一个
巨大的省。火车满身雨点
我想起一个死去很久的女孩
苍白、平凡,目不转睛地看过外面

大省,金辉的词

我们当前的危险

我们当前的危险是,死人般的
对爱的没感觉
是一个和另一个行尸走肉

一个和另一个不爱的肉体
有时他们给我托梦
让我倾听他们的心。而经由他们
我听到皮肤下的音乐

你的父亲仍然是矿工,我的祖先说
母亲还是聋子

暮 色

我看到我出生时的医院
没看到我死去时的医院
就像我出生在明处,死的时候是暗处
因此,我一直想照亮我的暗处
我读《易经》、寻找在阴影里坐着的人——

我记得你走时,穿着一件黑雨衣
我听到的消息也都是黑色的
必须在明亮的地方听
我有时把写的诗拿来读
把地上的影子又踩一遍、再踩一遍

在车上

我羡慕地看着那些在车上的人
他们用背影和沉默交流
就像我们嗅着气味能知道爱的到来

我能从眼神里分辨爱、冷漠
皮肤不会,皮肤上的温度会
在摇摇晃晃的车上我见过短暂的爱情
只有一秒、两秒
三秒过后,他们彼此遗忘

音 乐

朋友,我在听《毕业歌》
悲哀从心底升起,像埃兹拉·庞德
一口井,让天空更加幽深
井水暗黑,闪着光亮

每次下雨的时候井水都会沸腾
像父亲在井下工作
淋湿的灵魂从林间归来
大口大口喝着雨水,像一碗热汤

雨 诗

我想起一个雨天
在街上,艾伦在他淋湿的衣服里走着
他的脸在便帽下面
雨水顺着帽檐向下滴落,溅到其他水里
他走进人群
有很多雨水从他的帽檐向下流
经过他的衣服、皮肤
汇入他脚下的河流,这时他已经和世界不分彼此
他走着,有别于雨水的样子
用他后来回忆的样子

失去家人信任那天

她们不想我写诗,
也不读我的任何一句诗。
她们看我的目光很复杂,
也许是怜悯、同情、嫌弃。
她们猜测这是心理疾病,
我每次发诗也会屏蔽她们。
走到这一步很难,
以后,又不知道发生什么。
我没有任何可以托付的人,
那天可能是失意的顶点。

我的照片

衰老是我的品质
尤其是我不得不衰老
有时幻想要是我还年轻
不必为了嫌麻烦
而干脆不见人了
我每天看着自己
老年人应该有一个好相貌
我是上帝选中的老人
我就该这样

夏日将至
（给金辉）

落日有睡眠的愿望
有失去的愿望
有像落日一样
得不到的愿望
有进入一具尸体
使美丽动物复活的愿望

他的世纪

现在他生活在晚年
那像一个小站,昏暗而平静
在金箔和闪光的饰物中
他感到,他麻痹的右手没有一点希望了
他右边的身体把残疾模仿得那样逼真
他想起他写诗的样子
已做不到简洁
就像他的咕哝,嘴里含着一口粥
而那口粥就是他的宇宙,他的世纪

刺 青

我知道刺青是在身体上盖戳
我们需要身体的记忆
需要表皮上的隐性日期
我有我的邮政编码,有收信地址
有一个图像像胸毛
想起阿米亥说我裤裆里的感觉很好
我表皮的感觉很好
我写下我的感觉很好
我感觉很好的知识是我学到的最新的知识
这里是精神病院我感觉很好

美智子指引
（给柳向阳）

读一首诗是危险的——
它也在读你的句法规则
你的手势
嘴唇是否干瘪
你能看清身后的光亮吗
那儿有关心你的人
他们总在背后关心
美智子死后，吉尔伯特流着泪
找美智子留在世上的一根头发
他用梳子梳那根头发
就像美智子活着那样

与坐在空中的惠特曼交谈

你不知道在哪,云上没有国家——
当你耸耸肩,遇到一个语言问题
诗人离开语言,就像手指离开烟
只能放弃

死亡多么幸运。这些年
不用再干活了。诗用风完成、用雨
你现在的语言系统
是我羡慕的,你还在创新

我的身体把床压出一个深坑——
我还有重量。活着也是幸运的
我可以干活
我在互联网上遇到一些人
他们更积极,但没有方向

我不会向去世的人致敬
但会脱下帽子
我们在偶然系统里看见
我会用偶然的语言

眼冢

我看着男孩身后的钟
它在一圈一圈,寻找窗户
要是有一扇窗,指针就会逃走
甚至会尖叫,而也许
我会吓坏的

这种事常常发生在瞬间
如果我把那些瞬间拿出来,一根一根拿
像火柴一样点亮
你想象不到
我有一个巨大的火场

我能驱赶那些火,驱赶星群
我能把那些瞬间一根一根
插在窗户上
我的眼睛在窗后搜索
看到更多眼睛
是更多眼睛在寻找那些已经消失的事物

从此以后,我的眼睛是"眼冢"
我偶尔会拔起一根瞬间
从它微小的空隙里,漏过来的光
就是记忆

记 忆

我看着掉在地板上的头发,孩子用
油笔画的线条
红色的止血带、发夹
我知道,我是在记忆里

我会和这些成为记忆,但我
有另一些记忆
就像一条狗忘记了和它玩的
另一条狗

记忆就像上帝,每一次
都给我选择
这些和这些、那些和那些
我的脑袋里有一个皮箱
我总能把一些带走,一些留下

昨天我看到一张女孩的照片
她和你留在地板上的发夹一起
我总能透过地板看到上面的人
有人在我的头上生活。我不知道我在第几层
上面还有人吗

致梦熊

我已经不能写好一首诗
我对诗的感觉在降低
一股神秘力量在左右我

它们一点点在我的眼皮下消失
萤火虫把火熄了
车灯成为空洞的目的

有时是诗走向我。有时
她和你一起来,我的阴影陪着我
"亲爱的,你从哪里听的这些故事?"

我多想是那个人——
我不是我,是一张纸牌
最后一刻是惊奇——

姿势的遗传学

我想跟妈妈道歉
这些年我已经不记得她
我试着像她想我那样想她
可是我不会

我以为亲人是永远的
但是不是。一切都是一段时间
你很快就会忘记一个人
说起她的死
也会笑,不是眼里含泪的笑
是那种轻松的笑

为什么人是这样,我也不知道
想不明白的事就不再去想
偶尔她在我的指间出现
我做菜的姿势和她一样

毛子兄

我突然明白世界就是男人和女人
我爱它的情欲就是爱它的本质
就是不抛弃它,也不用隐藏
对某个女人的喜爱,无论怎样
它都先于我并爱我们

我对它是冷冷一瞥,还是静静地抽一支烟
都没有分别。还是狂欢着进入
还是我是另一个卡瓦菲斯
都像树枝一样被它所爱
这爱里也包括厌烦和善良

津渡兄

我,我被束缚了,津渡
不能自由书写
他们管理着痛楚和美好
艰难、自由
如果我把词语编织得好一点,
他们会说不朴素
他们认为诗歌是邪恶的,平庸的会好点,
适合未经教育的耳朵
当我在每个字的音量上全神贯注,终有所获
他们会说我是声音的守财奴
我该怎么办,津渡
我嫉妒月桂花冠上死去的叶子
我来了,我睡了,我失去悲哀

你买雪球吗

你买雪球吗
这是最好玩的雪球
你想怎么样
我想在雪球融化前
把它卖给你

方闲海

方闲海,70年代生于浙江舟山。"黑哨诗歌出版计划"主编,著有诗集《今天已死》和《在线流质媒体和他来敲门文件共享》。现居杭州。

对于有些诗人而言,写作这件事本身只具备一种意义,即:时刻提醒他是一位诗人,而且这是惟一一种能够将他与人群有效隔离开来的途径。在这些年来对方闲海的阅读中,我越来越发现他是这样一位与诗歌相互印证的诗人,也就是说,诗歌之于他存在的必要性,就在于这种有效的形式感可以帮助他更好地塑造自我,让他成为个人理想中的那样一种人。对于这种诗人来讲,与其说是生活教会了他写诗,不如说是诗歌教会了他写作。他从诗歌中获得的教养可能远远大于他从生活中得到的,因为在他看来,先验的诗歌和先天的诗人形象或许更吻合于他对人生的自我设计。如果我们理解了这一点,就不难理解方闲海作品呈示出来的绝对的暴虐的力量,疯狂的,粗鄙的,戏谑、反讽和嘲弄的,以及瞬间的感伤,等等;这些驱动作品无畏奔泻的蛮力,在带给读者赤条条的突兀与惊诧的同时,也在源源不断地给诗人本身带来讶异:我居然能这样写作?我居然能写成这样?仅用"冒犯"一词来为方闲海们的写作盖棺定论恐怕是不够的,我也相信诗人本意并非如此,他不过是说出了人而为人的部分真相而已,但这样的真相往往让人惊悚与不适。

在下午等一个电话

我坐在椅子上
身子软塌塌的
舒服地活着

海豚在海滩上
吹嘘着波浪的生活
然后死去

我有一丝的预感
我也有一点发疯的念头
在头顶的云层盘旋

大地远着
但被我坐着
大海远着
但被海豚带来

我允许自己在想象中
再想象出一点现实
但不要超现实

非凡旅途

满车的人
都在沉睡
浸泡在一厢夜色似的福尔马林中
每个梦都新鲜
每个梦都无法复制
哪怕噩梦

只有司机醒着
半睁着眼
他在道路上搜寻距离的米的刻度
但只看到公里
他握紧了荒谬的方向盘

写 诗

写诗
是为了
永不说
人类发明的
我爱你

写诗
是为了
说出
比
我爱你
更飞一点的东西

说出
天空里
死亡的
鸟语

惊蛰前夜

噼里啪啦像鬼子进村
暴雨拖着一件漫长的黑披风
密密麻麻的钢琴指
猛烈敲击我的门窗
雨水一直从郑州
渗
漏
到
杭州
像音乐循环至死
暴雨戛然而止
宁静而恐怖的夜
吞噬了它
我再一次停下写作
并知道
这是所有大时代
创作的一种幻觉

关于我们写作的

关于我们写作的
构建上帝视角
所遭遇的困境
已一目了然
就是缺乏二战的德军
冒着严寒风雪
一步一步
往莫斯科推进的勇气
像朝圣一样
去接受
苏联红军恩赐的
失败的命运

骗子们

他们认为
诗
要写成一座
大洋中
沉浮的冰山
分量足以让
处女航的
泰坦尼克号沉没
体量
应包括
看不见
却更庞大的
生活本身

在青春期的某个下午

记得我在青春期的某个下午
有点苦闷
坐在老家的海边
写点东西
我才发现
身边坐了一位高手

大海
用波涛分行
教我写诗

丧钟为我而鸣

对于一个写作者来说
必须信仰
自己的写作
曾给某个人包括自己
传递过一小片温暖
一个会心的微笑

足够

讽刺往往是多余的

尊重无意义的建筑结构

不要爬向金字塔

留下
更多的空白

更大的空白

保持从星空观察宇宙的习惯
对花瓣保持耐心

学会
突然停顿
能接受一场车祸

接受失忆
将童年用慢速
在墓地回放
拒绝看第一个婴儿镜头

让自己迅速衰老
旁观一棵树
被砍伐
让风
彻底自由
风因狂笑而变成
不断鞭打自己的疯子

及时模仿自由精神
因为胆小如鼠
允许自己用隐喻写作

不必在一首诗里
杜撰人类末日
保持日常做爱的兴致

有点困难
但对谁
都好

掀开床单
又发现新的
貌似重复的一天
给人体穿上
得体的制服
去上班

但一个写作者随时要将自己
牢牢摁倒在书桌前
出门有规律
像监狱放风

写作意味着
生活翻页
失望获取希望
水里点火

写作让自己
无数次在人性的丛林迷路
写作在写作里麻木
使勃起

更久
接受义务繁殖这一现实
尽管
快感
已丧失殆尽

第一次谈话

那是一个好日子
我陪妈
坐车到半山腰
又沿小路
徒步到更高处

来到刚买的
她崭新的墓地

邻居众多
往下看
一只青绿色水库
在艳阳下眨眼

我说妈
停水了
你可以下去打水
洗衣可不行

从墓地远眺
一片
安静的大海

一个盘踞的
小海岛
那是我出生之地

我说太好了
能看见老家

妈似乎还不太满意
墓地太高
爬上来累
爸也已放话
死后不愿跟她住一起
以免延续一辈子的争争吵吵
我沉默

只能沉默

但我依然跟她表达
我很喜欢这
植物葱茏的山坡
静谧漂亮的水库
能看见最爱的海岛
听了她心情好了点

那是

妈第一次带我来到她的墓地

妈在自己的墓地
第一次和我谈话

在 1938 年

他们在镜头里热情拥抱了一下

但这一个拥抱
没有起到和平的效果
第二次世界大战
在第二年便打起来了

也有人问起
他们究竟是谁？答案是
管他们是谁呢

谁都会拥抱
除了耶稣一人
他张开了双臂
就不再合拢

失恋之夜

我睡不着
我爬到旅店墙角的镜框里

叫那只迷人的长颈鹿
下来
睡我的床

在长颈鹿彻夜难眠
在草原之梦和迁移之梦的
相互纠缠中

我在镜框里
舒舒服服地睡了一觉

结束四月

唤醒冻土里的草籽
春天却永远徒劳
年复一年
四月的小草
朝盛夏长去

苍 山

苍山蓄满了力量
催促劳作的人在黄昏后滚下山腰
鞭打每一棵榆树
入冬前必须从每一根枝条落下叶子

清晨醒来
我看见它越来越清晰的面容
菩萨保佑穷人
让昨天的狂风也终于闭上了大嘴

据我所知

据我所知
选在情人节自杀
而并不是为了爱情的诗人
也就小招一人
今晚我突然念及他的苦处
想起自己在年轻时短缺银两时的囊中羞涩
那加倍的苦恼
他在自杀前
我曾去银行给他汇了一千元钱
那时他需要吃药
但他舍不得花掉
带着这钱
回老家
分给了家人
他从大桥一跃而下之前
怀揣着一份招工简章
在桥上来回踱步
一个诗人
在桥上
来回踱步
来回踱步
寻找着一把打开生死之门的钥匙

而这把钥匙
就是冷冷的金属制的
我需要活下去,我需要一点钱

王 维

这把年纪
醒过来
偶尔还有晨勃
带着少年的烦恼

将一根海绵体
硬塞进一个老拳头

他依然
活在令人窒息的山水间

石 头

石头,本名宋连斌,1967年生,曾用名温暖的石头、宋石头,山西壶关人,现居太原。1987年开始在《飞天·大学生诗苑》等发表诗歌,原生态诗歌写作倡导者,曾创办"天街小雨艺术沙龙"。有诗集《瞧,这堆垃圾》以及自印诗集《肉》《无所诗》《带着光头到深山》。行脚长诗《献给鹅屋大山上的月亮——兼致王维》被认为是当年"汉语诗歌最重要的收获之一"。2015年,获人民文学年度诗歌奖。

我喜欢野生野长的诗歌，烂漫，天真，同时又足够朴拙，即便不能始终保持，但终究可以阶段性地保持未被规训的蛮力。石头的写作恰属此类。每每读他的诗，就能让人心生"吼一嗓子"的冲动，辽远，开阔，无所形骸。这些看上去不太像"诗"的东西，被诗人随意地置放在荒凉的白纸上，居然达成了近乎天成的语言效果，初读之下就令人顿感山风扑面，天地为之喧哗而静穆。汉语的奇妙之处就在于，每一个汉字都是动态的，却又能笔直地指向我们静态的内心世界，在我们的内心深处激荡起五味杂陈的感受。优秀的诗人在面对自己的母语时，总能让一个一个陈旧的字词再度焕发出最大的活力，而这活力之源就来自于写作者自身的真气，惟有气韵贯通于字里行间，我们的语言才能达致鲜活，产生起死回生的效果。

石头这些年来有如"行脚僧"，游走于他深爱并贪恋的人间，但他选择的路径却是远离所谓"诗坛"的路径，因此，我们很难在他笔下看见烟火与世俗，即便有所涉及，也很轻易地为"清风"或"明月"所化解。从"仙风道骨"到"道成肉身"，造化的力量，说到底，其实是诗人自我选择的结果，更是某种服膺与顺应的自明的力量。

咏春小令

春风有一股小骚劲,它吹呀吹呀
连我也不放过
我是这样描述那些绿芽的
"她们嫩破了地皮,她们嫩破了树皮"

清明时节

一般来说,都会雨
不管大雨小雨,都纷纷。如果能够假装成那个牧童
我就借尸还魂。
你问酒家何处有,我露出四个鬼舌头、五个鬼眼睛。
作为鬼
我不走干路,我需要雨,滴,答,滴,答
迎接我,给我好心情。
如果是干路,哪怕你给我烧多少纸钱,我不
来取。

张小美

我喜欢张小美
这个女孩
的
名字
很喜欢
无比喜欢
喜欢死了
我对着月亮上面
长着红眼睛的小白兔
喊：张，小，美
接着又喊：张，小，美
喊着喊着就扯开了嗓子
舒服极了
谁是张小美我不知道
我只是把它作为
一首诗歌的标题
如果换作李小美王小美
我就觉得不美了
张小美啊
小美不厌百回读
熟读深思子自知

雪没有下在别处

下在马路上的雪定是被脚践踏,被
滚滚车轮轧来轧去
"咯吱咯吱"地叫
不同于白了黄狗黑狗花狗的雪,构造跑动的假象
下在石头上的雪就下在石头上
下在坟头上的雪就下在坟头上
下在光头上的雪就下在光头上
此情此景类似于牛粪
在西河沟的圪墚上
一头牛走着走着,撅起尾巴,露出那红烧肉的屁股
噗嗤一下,牛粪刚好落在土路上
冒着粮草糟粕的热气

无所诗 33

昨夜,关灯之后,两只蚊子咬我,嗡嗡嗡
几起几落,我没打它
咬吧咬吧,我够大
前些日在山中,眼睁睁看着一只不认识的小黑虫咬我
也让它
并非打不过它们
实在是人生不过咬来咬去
我这一堆肉也没用

无所诗 34

十三日,夜宿乌马河,一个人看月亮,月亮像个旁观者,我像个小狗蛋
夜半,雨来,哗啦啦,直听得不用耳朵
十四日晚,接连醉酒三场,喝至极丑,拿出身上的酸臭文人吼三声
次日,蒙头大睡,心不稳,出冷汗,给嘴巴记过二百五十次
中秋之夜,读马祖道一。
水泥顶上的那个破月亮,你们去看吧。
我心即明月。

无所诗 38

天黑了,山也黑了。再黑下去,眼睛里就没有山了
便用心去看,好像有。去找心,皆虚妄。就如同,山不鸣
　　叫,是山上的鸟在鸣叫
山不开花,是山上的草木开花
天黑了,也不必打着灯笼去找山

九月九日刮风寨枕着流水睡觉

已成之梦被水带走,未成之梦亦复如是
洗空了吗洗空了
洗净了啊洗净了
河水整夜往澜沧江奔跑
如果这是欢喜,流水一定知道秘密
夜半去门外小解,山中仅此一人
星星一颗一颗往眼里掉

南台日记

并非为了爬山而爬此山
也并非为了把自己捞出来而跳入大海
如果爬走能解决爬走的问题
蚂蚁何苦为蚂蚁,我又何苦为众生
一步一步走就像攒钱还债
就像眼泪拒绝成为液体
走着走着,忽闻鸟鸣
如同锤子砸核桃,咔嚓一声
核桃破了但是核桃多么欢喜啊
已经破了多少次但是核桃愿意再被砸破
而我愿意走着走着,忽闻鸟鸣
山高林深,鸟鸣透彻
鸟鸣透彻,不必闲扯
不必闲扯,我证明了孤独

大朝台流水句

1

大山问我,你来干什么
寒风问我,你来干什么
我问我,你来干什么

2

入碧山寺
僧见我发抖
缩成一团
语曰:"念念佛就不冷了"
师父正在扫地
落叶刚扫完
灰尘又落下

3

一声鸟鸣
大山把我消化成一个没有的人

4

白水,姜片,花椒,盐
再把白菜、萝卜、豆腐放进去

吃完最后一片
露出锅底

5

冷风吹走多余的温暖
星星作灯
我陪着我
山寂静成大山

6

天蓝得只能容下喜鹊飞过的一点黑
爬上佛母洞一千零八十个台阶
背包里只剩两样
吃
穿

7

再冷一点
再深一点
再少一点
还剩着两样
呼
吸

8

爬上南台
师父说,赶快进去拜佛吧
大风马上就会刮过来
山门要关了
在智慧文殊菩萨面前
跪下
头碰到地上
把眼泪喜洋洋地倒出来

9

空气中只有干净的空气
再往深一点
西北风就吹到骨头了

10

抬脚是一句"南无阿弥陀佛"
落脚是一句"南无阿弥陀佛"
上山是一句"南无阿弥陀佛"
下山是一句"南无阿弥陀佛"

11

一条路走到黑
即是山前

近山无非一些色彩
枯黑的,枯黄的,枯白的,枯灰的,枯绿的
再近些
小草的根部还绿着,不死
贴得再近些
便看见
山从土里长出来

12

借宿金阁寺旁边的农家乐
店主烧火做饭
聊起戒烟
他往灶火里添了几根柴
说
不抽就戒了

13

马群不见了
牛群不见了
羊群不见了
山坡上只留下它们的粪
一堆一堆
陪着荒草
大风
请你朝我一个吹

14

喜鹊飞来飞去
它们的家在哪
莫非就在我的身旁
莫非就在它们眼前

15

近狮子窝的时候
一辆京牌越野车慢慢停下
一个戴眼镜的小伙问我
需要不需要捎上
合掌
弯腰
谢过

16

路问我：你还有什么
"我什么也没有，只有走"
山问我：你还有什么
"我什么也没有，只有爬"
菩萨问我：你还有什么
"我什么也没有，只有恭敬"
扫地僧问我：你还有什么
"我什么也没有，只有一地灰尘"

扫帚磨秃了
扫地僧又问我：你还有什么
"只剩一句南无阿弥陀佛"

17

冷风到达骨头
直接穿了过去
哈哈
此身虽小
大风可穿
来吧

18

行脚即是念佛
念佛即是行脚
山，你走吧
我不走

19

残雪一坡
抓一团含在嘴里
此雪可餐
已被大风洗过
可以为大米
为白糖

为泪滴
为甘露
为广大
为微细

20

爬上西台
随地一跪
朝着狮子吼文殊菩萨
头碰到地上
把眼泪喜洋洋地倒出来

21

上山的时候
一步一步踩稳
此即念佛
下山的时候
一步一步踩稳
此即念佛
念佛的时候
一字一字清楚
此即念佛
清楚的时候
也不管它清楚
此即念佛

22

大风吹着
敲一块冰咬在嘴里
咯嘣咯嘣
走

23

过中台
随地一跪
朝着孺童文殊菩萨
头碰到地上
把眼泪喜洋洋地倒出来

24

夜宿澡浴池寺
大风扑打着大风
泡脚的时候多用了些水
一下看见水桶上写着：惜福
像做了贼

25

星星在上
早晨六点从寺院出来
四顾茫然

路在哪
用手电找了半天
前面没有人
后面也没有人
大风把泪吹出来
在眼角冻成雪花

26

寒风吹空了空气
歇一歇
等等太阳

27

低头念佛
管它早上还是晚上
管它前面还是后面

28

上

29

爬上三千零五十八米的北台
大风吹走剩下的温暖
随地一跪
朝着无垢文殊菩萨

头碰到地上
把眼泪喜洋洋地倒出来

30

看山是山
看山不是山
看山还是山
这无非耍耍嘴皮子而已
少走一步
也不过是谈山

31

一步一步走
一步也不急
慢到干干净净
慢到彻彻底底
慢到"南"就是"南"
"无"就是"无"
"阿"就是"阿"
"弥"就是"弥"
"陀"就是"陀"
"佛"就是"佛"
走到哪里
就到哪里

32

爬上东台
在聪明文殊菩萨面前
跪下
头碰到地上
把眼泪喜洋洋地倒出来

33

已是中午十二点
斋堂还有些剩饭
一粒一粒装进肚皮
剩是剩的香
冷是冷的味

34

从东台往沟下走
快到底
听见流水哗啦啦

35

小溪在冰下奔跑
跟上它

玉 珍

玉珍,90年代生于湖南株洲。作品散见于《人民文学》《诗刊》《汉诗》《天涯》《花城》《作家》等杂志。曾获2014年人民文学诗歌奖年度新锐奖、2016—2017年度《长江文艺》诗歌双年奖、2017年小众年度诗人奖等。

阅读玉珍的时候我们总能听见一种雄辩的声音从纸面上溢出来,那么急促,迫切,毋庸置疑。很难想象,这激越甚至多少有些刺耳的声音,竟然出自这样一具年轻鲜活的肉身,她传递出来的不仅仅是对自我成长的疑惑和焦虑,更多地指向她对这个时代精神状况的拷问和盘诘。"还乡"的主题在年轻的玉珍这里又一次被放大了,回不去的伤感与回去后的惘然相互叠加,彼此蹭擦,一次次制造出电光火石般的诗意因子,游荡在混沌逼仄的时空之间。抒情的,纯粹抒情的书写风格,不仅与这个时代的总体审美倾向格格不入,也与我个人对当代汉语诗歌的理解反差很大,但恰恰是这种罔顾其他、一意孤行的写作,引起了我的关注和重视。

　　作为 90 后诗人群体中非常独特醒目的存在,玉珍的写作就以这种不管不顾的方式存留了"青春"——这个珍贵的词汇应有的面貌:执拗,偏狭,又纯洁无辜。我不知道这是她自主后撤的写作策略,还是出自她个人的烂漫天性,每当她在诗中发出疑问,我都能隐约看见那张充满孩子气的脸,在月光下,在山野间,在现世的楼林中……没有人能回答她的问题,因此她只能自问自答,在无穷无尽的委曲求全中。而她终有一天会明白:所有难以启齿的问题,都会有一个难以承受的答案在前方等候着。

夜像海浪般袭来

夜像海浪般袭来,盛大的
涌动的昏黑
由丛林内部溢出十一月深沉的风

我在读一本书
我到达二十世纪,会晤伤心哲人的悄然来访

夜像海浪般上升
一种全然的黑暗恍如消失
湿气在雨中下沉,大雾像移动的暗堡

而星空——
一种哲学的光明
在空中闪烁又消隐

月亮在天上

月亮在天上
像一只单纯的独眼
这样的清晰平常是看不到的
天空一塌糊涂
总像个邋遢的醉汉
跟月光比起来城市是庸俗的
它在这纯属浪费
多孤独啊,天上什么也没有
而月亮美丽得奢侈,街灯怎么能比
人们在街上走着,被物质迷眼
富奢的流水令人丧气
但没人看一眼月亮
这是伟大的时代啊他们说
伟大的月亮在天上
显得比破罐还要廉价

是愚蠢的吗

你们觉得如何
在树下坐着显得愚蠢吗?
渴望端详星辰是愚蠢的吗
总会有无用的,悲伤与空无
穿过狭窄短暂的青春的日子
匆匆燃烧掉火茶花般的天真
哦,你们觉得无用的哲学是愚蠢的吗
有多少爱让人时刻甜蜜
黎明从紧张中开始
美好啊,我们的美好都是要抓紧的
端坐着沉默难道是愚蠢的吗,相视无言
耗空了时间是无用的吗
有的爱毫无结果,有的梦毫无希望
有的人总要离开有的花蜜藏毒但我们吃它
我们明知一切并没有说出残忍
所有人都必死无疑不是吗
而活着并不愚蠢

坍塌时间

在这件事情上时间早已隐身,
年岁与年代也消失无迹
只有一种感觉比任何事件清晰
那会儿天空很美,母亲和小姨
刚迈出房门
在寂静的风声中站立
我很矮,脸挨着母亲某粒扣子
一个老旧的竹篮被拿在手里
将要被拿来盛装香草
我们正准备出发,去幽谷中采摘植物
就在那时死神忽然掠过
屋子在风中展开了裂隙
像一种放弃
坍塌在我们的身上。

崩溃之马

马也许并没有崩溃,或根本没有马
而毒打实在太过不堪,粉碎了宗教的仁慈
1889 年 1 月的一天,听说一匹马
在大街上遭到人的毒打,
为那卑微的奴役和怜悯
我们可怜的尼采抓狂了
他脱下他的灵魂,将之披裹在马的身上,
环抱住它的脖子
像安慰软弱单纯的兄弟那样
喃喃自语
而马什么也不知道,伟大的悲伤无法诉说,
像一匹马发不出声音。
我们的尼采快要崩溃,感受到
人与马一样的卑微可怜,
这可怜照彻着强烈的苦痛不堪,
比如这样的时刻
正是为伟大者准备的终点
恶毒的虐打,卑贱的承受
宣告全部拯救的无效
我们的尼采是脆弱的尼采
1900 年 8 月,灰色的酸痛的午后
伟大与卑微的鞭打使他的灵魂

呕出一团黑血
善良的马的眼睛代替上帝
看着他永恒地告绝

东方牛仔

表哥们光着膀子,拿着烟
走在野花凶猛的路上
夏天在他们坚硬的后背
碎成一片片亮渣

时代在白天拥抱他们
在夜晚将之抛弃
但他们弄来了一切
踩着舞步
朝不真实的梦境
加大马力
赌上青春,赌上牛群,赌上力气
在风中一头乱发地歌唱

他们将继续年轻
公路像摊开的胶卷
一辆摩托将通向哈利路亚

青　春

青春马上会过去,不令人着急吗?
美貌这样的脆弱,她们不害怕吗?
像这样鲜花般的时辰,很快弃她们而去,
无忧无虑也弃她们而去
连同天真,美好,纯洁甚至自由
一小管合适的口红和闲暇的独处
都将被碾碎,
她们将变成现在的反面
做青春的敌人,枯黄,烦累
急匆匆,睡梦中奢望一次美容
但她们美过,务必要记住啊,
记住这美好时光
美貌的巅峰短暂又刺眼
为那些易朽的事物她们培养了耐心
她们忘记或享受着
这青春
在热闹的餐厅
花束们急剧绽放
她们的口红与美酒一次次相遇
喝得像即将远行的人

为什么要活着呢

书永远看不完了
掩埋我吧
想写的也永远写不完
这不是笔的罪恶
痛苦是不会终结的
永别想苦尽甘来
事情怎么也做不完,只要你还没死
真逗,那为什么要活着呢
他们说他们也这样
他们是为了什么
没有人回答我
那些深刻的爱我是还不清了
彪悍的语言仿佛要弄死我
来啊,随你
现在我比较无所谓
真够逗的,那我为什么还要活着呢
我曾经顾及过很多的人与事
在意过虚无的理想与艺术
也许是智慧太有限
它们一样也没让我好受
虽然我爱它们

只有死亡像极了我的沉默

原谅我常常写到死亡
并在那黑暗的笔锋中
攫取到得意的光明
还没有人死过之后又回来
没有人把死定义得
比死更坚固
只有死永远不反驳并无法伤害我
只有死永远不会置我于死地
我爱他,这辈子
唯一唾手可得的囊中之物
怎么写都是无罪的
只有死亡像极了我的沉默
因此安心
只有死是不需要毁灭的
只有死永远写不死

你们太粗鲁了

在精神之上,有水无法穿越的桥梁
在深水,精神救不了溺亡之人
你们爱铜臭胜过花香

路人在谈论今夕的粮食,用收成
隔绝与自然的关系
你不懂我用失眠养育的
森林般的辞藻。在瞌睡的听力中
夜莺成为陌生人。

你们太粗鲁了,你们漠视诗歌造就的世界
在饭碗中挖掘饱胀
而苍白之眼——看见了谁的垂死?
词语之内我们不是近亲

而语言的脐带并无法拯救我们的隔阂

我并不知道

我曾有一段如此珍贵的
过往——
它们被贫穷打磨出星星的光芒

那时我躺在山坡田野中
闻大自然的香气
温柔的风从四面八方靠过来
风中的香气让人想哭

我想多年以后——
人生是否依旧如此恬静?
那些神一样的存在
浇灌了穷人的头颅
我曾痛苦而所向披靡地
从中走过
将这一切称之为活着

我并不知道它们是诗

论眼泪

眼泪毫无意义
垂落于眼睑伤心的阴影上
浇灌脸庞无能的忧悒
如果大哭
时间将在嗓音中浪费几秒
爆破的悲伤于事无补
而我们依旧擅长哭
五官配合着泪水
说出哑巴灵魂的悲伤
而不哭也不算什么
我们从泪水中
找自己或他人
它奔涌的速度解释良心或爱
泪的温度告别心脏体温
从黑色的眼睑下垂落
只有相信而并不确信地失败
令我们生出哭泣的本领
一种无能的能力
优美而温柔
但哭泣如此无用
它终究属于无用
因无用而趋近于
悲惨的永恒

黑 色

卡夫卡是黑色的,尼采也是
希特勒更黑
布朗肖也属于黑色
四种不同的黑色,
属于夜晚,深渊,杀戮,迷狂
只有一种
与其他三种对立
在一张 1929 年的黑白照片中
穿黑衣的托马斯·曼和黑塞站在雪地里
神情严肃
像黑夜站立在白昼上

夜 猫

它拉长的嗓音有点疯狂
像婴儿哭
像失去婴儿的母亲的哭
这哭又极其像笑
笑里面带一点分裂
它奇幻的喉咙让夜耸立得更黑
更冷
长街漫漫无际
有一种尖锐的东西在游荡

扎猛子

没有比这儿更厉害的水手
大海是他们的广场
而潭渊是花园
梦将他们带到了不可能之地
穿过涟漪,水草,阳光的刺目
在深渊理解了开拓
水是少年最后的领地
除了高山,没有更好的远方
那是耀眼的1998,我站在石桥上
看着朝大河奔来的男孩女孩们
在白色波光里
他们自由地通往虚幻
岸边上响起了此起彼伏的水声
明亮的少年
战士般扎进水的宇宙

妹 妹

雪使你发出尖叫
与得知家里的狗死了一样
那是深冬的清晨
你年幼,推开门见到了
从未见过的世界——雪白
完全的雪白
使你像胖蘑菇那样站着
几乎发懵
美与残忍,用相差无几的力量
击中你
使你手足无措
我们的生活还在寒风中进行
造化赐予过食物
在雪国凛冽中沸腾
你突然用短短的小腿
朝着巨大的美
用力跑去
白色无边无际,富有得使人紧张
你几乎要哭了
爱使你趋向于天使

鸦

鸦在树上,长一张冷峻的脸
自信它完美的破锣嗓子
并成群制造寓言般的乌云
鸦是自信的,黑得随心所欲
并检查不到斑点
在黑夜,仿佛它们时代的来临
鸦开始影子一样兴奋
在灰色的傍晚从归人头顶飞过
只留下句号一样的黑点
没有哪个地方的鸦超过我见过的北京
在故宫,群鸦的鸣叫像巨大的仪仗
时间与王朝的渲染
仪轨般制动了它们的飞行
"这是神鸦!"他们说
神鸦在围栏上孤杆上休息,像
孤独的王
它身上不幸的隐喻已成故见
因而难听的嗓音接近着艺术
当人们吃粗粮一样吃下鸦的暗哑
伟大文明中的疲累与沉默
从鸦的嘴里发射出去
击中夜的昏暗的脸

拓荒孩童

再没有拓荒的孩子了
山路正逐渐消失
没收了精神的粮食

我是那拓荒孩童中
最后一个代表
精神的荒原无边无际
在另一个站台等我们

丢掉锄头与刀
去一个崭新的时代
那儿高楼林立
淹没迷惘的头颅

给西蒙娜·薇依

时代仿佛失明,人们盲目了
科技与现实像两只黑洞中的手
朝周遭胡乱地摸索

生存也是场战斗,不是吗
而纸上的前行像二战的坦克
疲累却不能停止

人们在狂欢,狂欢,日夜不休
而无人不朽,
天空像河流一样浑浊,继续浑浊
你的脸却在纸张上发光

我曾像偏山之灵兽,在深夜的屋顶看天
小块的清澈星群,曾深深属于我
我朝那一切打开我的心,
来吧,知根知底,万物有灵

后来一切都变了
没有一朵云接近过我的额头
没有星辰眨动它温柔的眼睛

在这些焦虑的引导中
我找到了你。为了可怜的共鸣
曾写下一堆废话
你无法看见它们
我也许明天就忘了它们

人的纯洁

人有一部分痛苦来自纯洁，
人的纯洁
一种危险的高贵
花朵般脆弱
却有人奢望它永生

毛 子

毛子,20世纪60年代生于湖北宜都,现居宜昌。作品散见于《诗刊》《汉诗》《扬子江诗刊》《十月》等杂志。曾获得首届扬子江诗刊年度诗人奖、第七届闻一多诗歌奖、十月文学奖等奖项,出版诗集有《时间的难处》《我的乡愁和你们不同》。

毛子的诗歌中持续存在着一种摇滚乐的声音,金属的,异质的,撕裂的,以及嘶哑得几近歇斯底里的声音,如果你仔细听,或许还能听到某种来自远古星系的求救般的声波信号。在我所接触的当代诗人中,很少有人像毛子这样持续将自己置放在这种强烈的音频和波段上,以期获得情感的共振效果。从这方面来讲,毛子的诗确属当代诗坛的一个异类。

我一直觉得,"呼救"一词可以视为毛子写作的核心词根。他所有的疑虑,困境,挫败感,所有的紧张感,都来自对生命意义的不确定性的认知。诗歌之于他,早已不再是证明人类伟大的手段,反而是自证渺小和脆弱的方式。所以,在毛子所关注的那些具有对抗性的所谓现实中,只有一种现实是确凿无疑的,即,肉身的局限性。无论是天马行空,还是顾影自怜,毛子总是摆脱不了天然的荒诞感,在极乐与极悲之间,他带给读者的不是小心翼翼的平衡力,而是纵身一跃的勇气和快感。

"是时候了。我也该动身去见/一首从来/没有被写出的诗歌。"在毛子这里,不写诗的重要性有时候远大于写诗的重要性,而不得不写的紧迫性又远大于不写。在这种混杂着各种矛盾的日常现实中,诗人业已突兀的形象将会得到进一步的凸显,就像我曾在另外一篇短文中形容的那样:"我仿佛看见了一个从暗夜里急匆匆跑来的报丧人,他沿途拍打着沉睡的门扉,告诉我们,这个世界已经遍体鳞伤,急需我们去为她疗伤……"而对于毛子来说,无论是守夜,还是报丧,都基于这样一种人之为人的本能。

雨中进山

那些昆虫、蔓藤和苔藓,它们是慢的
它们像气候中的一块潮湿,慢慢打开
它们让你雨中进山,或在一首诗里斜身打量
雨在下,丝毫没有停下的意思
雨水中,植物的体验也是细致的
无数的小不点,从一片叶子滚落到另一片叶子
最后渗进植被。它们的样子无声无息
让人放心,也叫人爱惜

这样的转化要是在一首诗里继续
会有怎样的语气?
山涧升起气雾,两小无猜的是松果和松鼠
而雨依旧在下,依旧没有停下的意思
你走出这格外的地方
松针回到了时针

退化之诗

爸爸从空气里来,又停在空气中
我肉眼看不见

畜生们看见了
一头老水牛打了一个响鼻
狗也觉察到异象
对着天空一阵狂吠

它们叽叽哼哼,比我还着急
——你怎么不和自己的父亲说话啊?

那些畜类啊
我有难处,有业障

想从前,也不进化,四肢妥贴
我们互蹭皮毛,原地打转
有灵敏的嗅觉

捕獐记

夜里没有事情发生
大早醒来,南边的丛林有了动静
溜烟地跑过去,昨天设下的陷阱里
一只灰獐蜷起受伤的前肢

多么兴奋啊,我抱起它发抖的身子
当四目相视,它眼里的无辜
让我力气全无

只能说,是它眸子里的善救了它
接下来的几天,它养伤
我也在慢慢恢复心里某种柔和的东西
山上的日子是默契的
我变得清心寡欲

一个月亮爬上来的晚上,我打开笼子
它迟疑了片刻,猛地扬起
如风的蹄子
多么单纯的灰獐啊,它甚至没有回头
它善良到还不知道什么叫感激

赌石人

在大理的旅馆,一个往返
云南与缅甸的采玉人
和我聊起他在缅北猛拱一带
赌石的经历
——一块石头押上去,血本无归
或一夜暴富

当他聊起这些,云南的月亮
已升起在洱海
它微凉、淡黄
我指着它说:你能赌一赌
天上的这块石头吗?

这个黝黑的楚雄人,并不搭理
在用过几道普洱之后,他起身告辞
他拍拍我的肩说:朋友
我们彝族人
从不和天上的事物打赌

急需品

急需一对马蹄铁
急需一付轭
急需一根
老扁担

急需警报
急需盐
急需鸡蛋,急需更多的鸡蛋
去碰石头

急需纱布,急需手帕
急需一块跪下来的
毯子

多么紧缺的清单,容我用它们来建设
容我像一台报废的发报机
慢慢消化
来自暗室的声音

夜行记

群峰起伏,仿佛语种之间
伟大的翻译

就这样穿行于峡谷之中
我们谈起了世事经乱
——谈起简体和繁体是一个字
弘一法师和李叔同,是一个人
昨天和明天,使用的是同一天

当谈到这些,天地朗廓,万籁寂静
惟有星河呼啸而来
像临终关怀

月 亮

天空也知道计划生育,它只养一个月亮
那时,它是野物,还不是家养
我们也在百兽之中
尚没有孤立

什么时候月亮变成诗词的月亮、乡愁的月亮
和卿卿我我的月亮
什么时候我抓骨头的前爪,变成
握毫笔的双手
当写啊写,可我的脊柱
不再与大地平行

月亮一定还在那里,但我们看不到它了
我深深的孤独来源于此
昨天看《狮子王》,那个衰迈的兽首奄奄一息
躺在月亮下流泪
我知道,死去的不是它
而是我们无法回到的原形

对一则报道的转述

唐纳尔,一个普通的美国公民
在"911",他失去了怀孕六个月的女儿
时隔十一年后的一个五月
民众涌上街头,欢庆本·拉登被击毙
只有唐纳尔待在家里,和家人一起
静静消化这个消息
他无法高兴起来,他说
——"我们不是一个会庆祝死亡的家庭
不管死的是谁。"

余昭太

父亲带着这个名字
过完了他在人世的一生。
他也把它带到户籍、档案和各种证件里
他们曾是一个整体,现在分离了。
现在,"余昭太"还是"余昭太",而父亲
却用骨灰取消了自己。我凝视
他褪色的签名,有些泛黄
远不像他的骨灰那样新,那样的惨白。
从字迹里我能回到他的当年
但面对骨灰,我看不到
任何他活过的痕迹。

塞车记

我去一座城市,见一个想见的人
但路上,遇到了塞车

车载收音机里报道
相距 200 万光年的一个巨大星系
正以每秒 6 万公里的速度
向我们的地球撞来

哦,一动不动的车流
每秒 6 万公里的天体
它们形成夹角,像骄阳下的沥青
煎烤着我

公路依然没有一点松动的迹象
而时间变得刻不容缓
我必须抢在一切发生之前
赶到她身边

她发来短信:
亲爱的,你到了哪里?

我在荒郊间的一条高速路上

而我们的身后
一场宇宙的灾难
正马不停蹄

那些配得上不说的事物

我说的是抽屉,不是保险柜
是河床,不是河流

是电报大楼,不是快递公司
是冰川,不是雪绒花
是逆时针,不是顺风车
是过期的邮戳,不是有效的公章……

可一旦说出,就减轻,就泄露
说,是多么轻佻的事啊

介于两难,我视写作为切割
我把说出的,重新放入
沉默之中

客观性

太阳系有八大行星
人体有 206 块骨头

蜂鸟的振翅达到每秒 80 次
蜉蝣的一生也就十几个小时

来自甘肃的煤窑工张德清
尸体从矿井里刨出
身上有 7 处骨折,和 9 块 8 毛的现金

物理的世界不为所动
——地球依旧按原来的速度公转
国家的《新闻联播》,也在晚间七点
准时地播出……

数显表

确立一种简洁、精准
而包罗万象的语言
这是我从一个数学家那里获取的

万物隐藏它的数显表,行进在
十进位制的大军中
——三围、空气质量、战争规模、贫困线
福乐彩、护舒宝的纯棉度、历史进程、经济指数
离婚率、核当量、无限可分的原子……

我想起民间的唱丧人,在守灵夜唱道:
"天空好比鸡蛋清,大地才是鸡蛋黄。"

那么,我可以从混沌的世界中
描述一个少女的明亮吗
——那宇宙的第二种光速
这个沉沦世界升起来的
阿基米德浮力

何以计量

生而为人。这其中的概率和偶然
何以计量。

一个电影中的人,跳下电车
他遗忘在车厢里的伞
继续流动。
这不可测的多向性
何以计量。

世界固定太久了。它不是这个意义
就是那个意义,不是此就是彼
为什么就不能非此非彼。

"我知道怎样处卑贱,处丰饶,处忧患,处沮丧……"
可保罗没有告诉我,怎样处虚无。

谢谢你的床单,你分泌的体液
它让我在这个唯物的世界
可以继续滑行一会

世 界

岁月提供的东西,足够可以
总结这个世界。
但我还在等待未发生的事情
——鱼缸里的金鱼,何时能游过
那块透明的玻璃。
客厅里的桌椅,在我上班时
会不会离家出走……

努力地去想,世界就越接近
测不准原理。

不想这些多好啊,我就变得轻松
像飞机把天空
留在天空

论进化

花朵,是植物的性器官。
狗有两张脸,它把快乐和沮丧
写在尾巴上。

而我们的优越
还够不着这怒放,这坦荡
这天然的自由。

突然羞愧了。
人类依然在进化论中昂首阔步
而我唯一确定的
每一个肉身,都在衰退

树 木

它们不使用我们的语言,也不占用我们的智慧
它们在枯荣里开花、结果
它们各有其土,各有其名
它们跑到高山之上,平原之上
在夜里,它们会跑得更远……

它们砍下做栋梁,就成了人间的部分
做十字架,成信仰的部分
做棺材,成死亡的部分
做桌子、椅子,成生活的部分

我们成不了这些,我们只能成灰,成泥土
在泥土里,我们碰到了一起
所以,那么多的树,都是身体之树
那么多的人,都是无用之人……

动 身

一首诗从语言里走出来,就像
一个云游的和尚
离开了深山。

而遥远处,一艘测量船
测探着公海上空,一朵白云。
从那虚幻的漂移之中,你可以找到
那首诗,那座寺庙
和一切停留在原处的东西。

但脱离的事物,像撒下的渔网
没能留住经过的海洋。

是时候了。我也该动身去见
一首从来
没有被写出的诗歌。

老 年

参观我们的身体,发现很久
没有做爱了。

气象卫星也带来报告
——北极上空的臭氧层
出现了空洞。

海平面上升、水土流失、人口老龄化……
全球性的问题
着陆老年
成为身体性的问题。

而我的老友,还在用退休金
同帕金森病搏斗。
我年迈的杂毛狗,也刚刚在宠物医院
做完白内障手术。

而时间的副作用,在我们的身体里
反射它的寒意。

关掉灯,回到习惯的床上
我们聊到了傅达仁,一个台湾的老牌艺人

在情人、妻子和女儿的陪伴下
前往瑞士
实现了自己的安乐死。

亲爱的

你是我的救火车
后来,是救护车
最后,是灵车……

邓 方

邓方,60年代生于湖北京山。现居武汉。教师。在《汉诗》《特区文学》《教师月刊》等刊物发表诗歌若干。著有诗集《水清澈的骨头》《世间多么好住》。

邓方似乎是在用自己的写作反复向我们验证这样一个事实：每一位诗人终其一生其实都是在写作同一首诗，而在真正找到只属于他（她）自己的这首诗之前，也许他（她）需要写无数首诗，以这种枯燥乏味的练习来接近和抵达这首诗。当然，文学史上也有无数例外，譬如某些强力诗人，在与命运的博弈中就能不断改写这首诗的格局和结局，他们能从一首诗中分蘖出了无数首诗来，形成了多声部与共鸣腔。但对于邓方来讲，这样的可能性并不太大，也非她兴趣所在。此生的生活经验已然将她造化成这一首诗的作者，剩下的时光不过是为了加固这首诗在时间长河里的稳定性，以期获得更为久远的长寿之期。

这就引出了另外一个问题：成就这首诗的主要因素有哪些？如果我们认为邓方已经清晰而准确地抵达了这首诗，那么，她究竟是怎么做到的？据我所知，邓方的诗龄并不太长，与诗歌圈也鲜有交集，她全部的作品加起来所使用的汉字，我估计不会超过 2000 个，但就在这有限的汉字组合中，她为读者带来了极为丰沛明艳的汉语之光。这光源于自然，更源自我们内心深处对生命本真的渴望，只不过诗人用贴己贴身的感受重新擦亮了它。因此，在阅读邓方的过程中，你只能顺着她的指引，循着她的语气去感受光线在周遭事物上的震颤和变幻。简单，清寂，又充盈，这是另外一种好。

中间部分

最好的东西
我没法写
我写那些属于中间的部分
晚霞煮水
人间点灯

信

我希望给我来信的
是一棵大树

然后我去洗衣服
细细倾听
一座森林的叹息

我一整天都在
洗衣服
地下泉的水
微温

上课铃

这些铃声
听起来很干净
它是电子的
它从早到晚响

那种吊铃,乡村学校的
铁铃,用铁锤敲的
上课两声
铛——铛铛——
下课两声
铛铛——铛铛——
预备铃,铛——铛——
集合铃,铛铛铛铛铛铛

一个人的职业生涯
他听进去了许多干净的铃声

你的病会随风传去

指甲和脉搏
这些细小之物
你带在身上
蜘蛛的脚,蚕丝
蝉的壳子

我是说这个时候
如果你病着
喝完的药渣
最好埋掉
不要倒在路旁

下午四点钟

落日在落下
晚天,暮云
一棵松
李子树在开花
抱在怀里的孩子
在准备说话

一万棵小草在发芽
一万首诗赶不上了

棉 白

一件洗净了的布袍
棉白的
挂在太阳底下晒
看一看晾衣绳
你就知道了
它是按照我的身体形状缝制的
你们说的话
在树叶下面响
空空的
我都能听见

树上的果子轮流结出

水中的鱼
树上的果子
都是我们的食物
水中有七种鱼
树上的果子轮流结出

我一个字一个字写着

房屋面向我的墙面上
写着大字的
治结巴
野外开满了野胡萝卜花

就在这时
火车车头坏了
火车缓缓地停下
停在野外铁轨上

白色的花哦,气味浓烈的花
火车那是我坐坏的
我一个字一个字写着
写一个字要停顿一下
我用了很大的劲

院 子

他们把衣服和被单晾晒在
院子里的一根线上
线好长

天黑了,线还在
还是那么长

下雨我去关窗户
雨中院子里
有了几盏路灯

真是好忘啊
这一年一年
淡薄的光阴

最好的叶子

我们的爱
是树与树之间
传递的叶子

有的飘在空中
有的落到了地上
最后都腐烂了
没有一片能够
长在对方身上

只有腐烂了的
才是最好的叶子

世间多么好住

我拧衣服袖子里的水
落下清凌凌的水线
水是我喜欢的
又是日常的
有很多日常之物
为我喜欢
炭火
此刻夜晚的微凉
所以呀
世间多么好住
星辰也给我们安排好了

霜花压在松针上面
亮的蜘蛛网
丛竹,树枝
每一阵风传来细微声响
清空天气
地上的花啊
有的开在树上
有的开在地上
虫类有声
草木荣枯
世间多么好住

花的名字

在我家乡的山上
小时候开的花
又全开了
漫山遍野
像一场梦
我又一一指认它们
逢人打听
它们的名字

亲爱的老公

亲爱的老公
你是我亲爱的人
你是哪里又得罪我了
我这次生了你最大的气
决定不陪你了

每一次生气
你都把我找回来
从来没有丢下我不管
这一次
你找不回来我了

亲爱的老公
地上到处的路
你找不到我了

通 信

夏天来了
我是从那些旧树影里知道的
陈旧的夏天再一次
长出新树叶
长出清欢
夏天雨水多
夏天树多
我注视这不多的几样事物

到了秋天
树叶就扫去烧了
燃起火焰
季节之间
真是隔膜啊
互不通信

灯

每天早晨六点钟
我伸手打开床头灯
像摘取矮枝上的一枚果子

床头灯的橙色光亮
骤然照亮我的房间
照亮我一年到头的房间

三十年
这些灯如果排开
足够把一个人的路途照得旷远

平 顶

他们是人民
人民是我们

他们的房屋多么相似
一样的平顶和屋脊

房子里我们的生活,里面的灰尘
房前的树,落叶
蜘蛛不经意结的网
多么相似

我们放上桌子和椅子吃饭
吃同名的菜
屋子里扫帚的位置
都放得一样

地上这么多房间

风轻
花近
树叶新
雨织罗网
光绣金边
地上这么多房间
我以千克之躯栖身于此

我在这里
吃饭,睡觉
穿衣服
过了很多年

我们一粒草籽都没有带来人间

是什么维系了我们的一生

那使你爱上我的
也会使你爱上别人
这总会
让人有一些别扭

这会儿风吹得正好
风在我的屋子里兜了一圈后
没有找到歇脚的地方
它摇了摇我的草帽
就走了

阳光下，雨水中
我们可以过得好
我们为什么不
是什么维系了我们的一生

夜 行

我听沿途蛙鸣
沿途路灯
树
宾馆和饭店的招牌隐约可见
深夜

树和路灯才是最好的旅伴
火车在把我捎回
像捎回一个遥远的口信
正是四五月间

花开了很长的时间

花开了
我在一棵花树下坐下
凳子上落下白色鸟便
鸟在我之前就来了的
鸟待了很长时间

花开了很长时间
像我们的遗忘
干净和美好
又像我们的遗忘

真 好

夏始春余
咳嗽见好
下午到来的雨下到晚上
是雨夜
上了窗灯
空气清亮
用简淡饭蔬
有通体透明的感觉
恰逢
蔷薇花枝开上白墙

立 秋

凉风起
凉风一直到现在
还在吹

万木倾听
谁能够比凉风
说得更多

小 灯

写一首诗需要一些力气
像划燃一根火柴那样的力气
一首诗就是一盏小灯
不要说本质了
我们什么都看不见

西 娃

西娃,20世纪70年代生于西藏,长于李白故里,现居北京,玄学爱好者。出版有诗集《我把自己分成碎片发给你》,长篇小说《过了天堂是上海》《情人在前》《北京把你弄哭了》等。"李白诗歌奖"大满贯得主。曾获得首届"李杜诗歌奖"贡献奖、《中国诗歌》2010年十大网络诗人,《诗潮》2014年年度诗歌奖、"骆一禾诗歌奖",《诗刊》首届"中国好诗歌"奖、2017年磨铁年度10大最佳诗人奖。诗歌被翻译成德语,印度语,英语,日语,韩语。

从玄学的角度来阅读和理解西娃的诗,好处是,你可以径直找到一条进入她诗歌文本的清晰路径,避免在迷宫里打转;坏处也显而易见,因为很容易忽视和省略了她诗歌内部肌体的丰富性。事实上,神秘主义在西娃的写作中并非刻意之举,而是为个人的生活经验所造就。在我看来,近些年来西娃正是恰到好处地利用了这些经验,以某种完全不同于其他当代女性诗人的方式,大踏步地接近了属于她个人的独特的精神场域,在现实与梦境、宗教与世俗、理智与情感、肉体与精神……在两相对峙的几乎所有关系中,西娃都展现出了非凡的洞察力。她不是简单地将自我置身于"我执"这一极,而是将诗意铺展在两极之间,用已知的世界去碰触未知之世界,从而展现出了人性中巨大的难处。而最可贵之处还在于,她没有像众多的写作者那样去消解这样的难处,而是尽可能地去体恤和原宥,在直视自我内心深处的空洞的同时,巧妙地避免了被空洞吸附的可能性。

在西娃的诗歌中,不可能的现实常常与可靠的梦境相互缠绕,虚虚实实的镜像构成了意蕴绵长的"碎片"感,如流苏,似吊坠,在看似繁复的词语缠绕中,始终有一条明晰的金线串连着诗意的走向。老实说,每次在阅读西娃的作品时,我都有恍兮惚兮之感,仿佛先是被一缕精油的气味所牵引,然后抬头看见无数的草木花瓣在风中摇摆,盛开或凋谢。这是一位优秀诗人的本领,她(他)能让读者信任地打开自己的所有感官。

画 面

中山公园里,一张旧晨报
被缓缓展开,阳光下
独裁者,和平日,皮条客,监狱
乞丐,公务员,破折号,情侣
星空,灾区,和尚,播音员
安宁地栖息在同一平面上

年轻的母亲,把熟睡的
婴儿,放在报纸的中央

"哎呀"

我在飞快宰鱼
一刀下去
手指和鱼享受了,刀
相同的锋利

我"哎呀"了一声

父亲及时出现
手上拿着创可贴

我被惊醒

父亲已死去很多年

另一个世界,父亲
再也找不到我的手指
他孤零零地举着创可贴
把它贴在
我喊出的那一声"哎呀"上

吃 塔

在南方的某个餐桌上
一道用猪肉做成的
红亮亮的塔
（我宁愿忘记它的名字）
出现的那一刻起
我的目光
都没有离开过它

桌上其他的菜肴
仿佛成了它的参拜者
我亦是它的参拜者
接下来的那一刻
我想起我的出生地
西藏
多少信众在围绕一座塔
磕长头，烧高香
我曾是其中的那一员
现在我是其中的这一员

许多年来，我一直保存着
对塔庙神秘的礼仪
也保存着对食物诸多的禁忌

看着,这猪肉做的
红亮亮的塔
我知道了人类的胃口:
他们,可以吃下一切可吃下的
亦将吃下一切吃不下去的

当他们举箸,分食着
这猪肉做成的
红亮亮的塔
我没听到任何的声音
却仿佛看到尘烟滚滚
我们的信仰与膜拜
正塞满另一人类的食道里
他们用百无禁忌的胃液
将之无声消解

箱子里的耶稣

依然是玫瑰教堂
一间展示
耶稣受难作品的房间
不同艺术家通过想象
把同一个耶稣
钉在木质的,铁质的,银质的……
十字架上

无论耶稣此刻在哪里
都有一个他
在艺术家们的手里
反反复复地受难

在一个敞开的箱子里
我看到耶稣的头颅
四肢,身体,分离着
又堆积在一起
他平静的蓝色瞳孔里
一个佛教徒
正泪流满面

墙的另一面

我的单人床
一直靠着朝东的隔墙
墙的另一面
除了我不熟悉的邻居
还能有别的什么?

每个夜晚
我都习惯紧贴墙壁
酣然睡去

直到我的波斯猫
跑到邻居家
我才看到
我每夜紧贴而睡的隔墙上
挂着一张巨大的耶稣受难图

"啊……"
我居然整夜,整夜地
熟睡在耶稣的脊背上
——我这个虔诚的佛教徒

为什么只有泪水，
能真实地从梦里流进现实

女儿在薄被子里
激烈颤抖
她的喊声很悲伤：

"带我离开这里
我讨厌这里，我要回去。"

我摇醒她
把她带离梦境

她在哽咽中讲述——
总梦见那个蒙面人
她不也知道他是谁
但她相信他
能把她带回去

我问她想回哪里去
她说不知道，但
肯定不是这里，不是
这个现实世界里

这样的梦境发生,已经不是第一次

"只有现实是真的
哪里都是假的,假的
包括梦!"我喊
像已经失去她很多次

"那,为什么只有泪水
能真实地从梦里流进现实?"
她指着枕头
上面湿了一大片

前世今生

我在院子里散步,一个正在学步的小女孩
突然冲我口齿不清地大喊:"女儿,女儿。"
我愣在那里,一对比我年轻的父母
愣在那里

我看着这个女孩,她的眼神里
有我熟悉的东西:我离世的父亲的眼神

年轻的母亲对我说:别在意,口误
纯属小孩子的口误
随即在小女孩屁股上拍了拍
小女孩哭起来,她望着我,那眼神
让我想到父亲在我上初中时,与我谈起
想与我妈离婚又不忍割舍我们兄妹时的眼神
(那是他此生唯一一次在我面前落泪哭泣)

我向她的母亲要了小女孩的生辰八字

那以后,我常常站在窗口
看着我的变成小女孩的"父亲"
被她的父母,牵着
牙牙学语,练习走路。多数时候

跌跌撞撞
有时会站稳,有时会摔倒……

我欣慰又悲伤,更为悲伤的是:
她长大后,会把叫我"女儿"的那一幕
忘记,或者会像她母亲一样
把那当成口误

我们如此确信自己的灵魂

我们如此确信自己的灵魂
比我们看得见,摸得着的肉体
更为确信,仿佛我们真的见过她
亲手抚摸过她,弯下身来为她洗过脚
在夜间闻过她腋窝里的汗味
在清晨听过她的哈欠声与唇语

我们如此确信我们的灵魂
确信她比我们的肉体更干净,更纯粹,更轻盈
仿佛我们的肉体,一直是她的负担
我们蔑视一个人,常常说他是一个没有灵魂的人
我们赞美一个人,常常说他是一个有灵魂的人
是什么,让我们这样振振有词,对没有凭据的东西
对虚无的东西,对无法验证的东西
充满确信?

如果有一天,一个明证出现
说灵魂是一个又老又丑又肮脏的寄生物
她仅凭我们的肉体得以净化,并存活下去
崩溃的会是一个,还是一大群人?
从崩溃中站立起来的人,或者从没倒下的
会是怎样的一群人?或一个?

我们从来都不认识自己的影子

梦见我们结伴出家
两男三女

我在路灯下看见,多出
一个人
远远走在我们的前面

几个人用同种声音告诉我
那是我的影子

我从没认识过自己的影子
也从不知道,她
可以离开我,并独立存在和领路

而他们也不知道
他们的影子,为什么都没有跟来

捞 魂

我双手捧着一盏油灯
在黑暗里,机械地走动
灯光下,我只是一小团黑影

外婆与我保持两步之远的距离
她缠过的小脚一步一颠,身姿有点发虚
我们一高一矮,一前一后
沿着寂静的河道拖着自己的影子

外婆手里拿着一根竹棍
在水里点一下,在我的头顶点一下
拖长缓慢而苍老的声音——
"西——娃儿——呢——回来——了——啵?"
遵从着外婆的叮嘱和所教
我小小的病体里发出迟钝的回应——
"外——婆呢,我——回——来了喔"

外婆一路喊,我一路应
我们像两个纸人在茫茫的夜色里晃动
给长长的河道留下微弱的昏黄

这是我小时候一次落水获救后

在大病中留下的记忆

外婆说:我的魂,被惊掉在了水里

我把自己分成碎片发给你

把我的脸发给你
我说，这张脸，在尘世已裸露四十多年
它经历过赞美，经历过羞辱，经历过低档化妆品
与高档化妆品腐蚀。而我很要脸
为了这张脸，我硬着脖子活过昨天与今天
我付出的代价，你在这张脸上慢慢看

你说，美丽的中国女人，你只看到美

把我两只手发给你
它修长，涂着蓝色蔻丹，正在长皱纹，以后将长黑斑
我告诉你，这双手，做得最多是挑选文字
它在成群的汉字里，选出最符合自己气息的文字
它们组成署名西娃的文字和诗篇
它们遭受的冷遇与赞美，加起来并不等于零
同样是这双手，战栗过，犹豫过，热烈过，冰冷过……
有时也哭泣，却不知道怎么流出泪水
有一天，它也许会带着不冷不热的温度，进入你的生活
我并不知道它能为你做什么

你说：性感的手，你不求它为你做什么，你只想为它做什么

把我的脚发给你
它是我四肢中,最难看的部分
脚趾弯曲:小时候家里缺钱,它曾在又短又小的鞋子里
弓着身子成长。如今,它依然在各种看似漂亮的鞋子中
受难。只有我睡眠时,它享受过舒适
满心脚掌,不能走过长的路,它却带着我的愚笨之身
走过很多奇怪的路,去过很多不该去的地方
也许将去到你居住的城市
于我们之间的障碍里,徒然而返

你发来一长串英语句子,我无法明白你在说什么

把我的乳房发给你
我说,真为你遗憾,你错过了它最饱满和弹性的时日
它曾用十一个月,喂养过一个孩子
也安抚过几场爱情中的男人,他们曾在上面留下唾液,指纹
但已经很久了,它除了装饰着更多衣服,已一无是处
有一天,它会成两张皮,里面不再有任何回忆

你说:就是所有的饱满都不属于你,你依然热爱此刻

你乞望我清澈地你告诉你
为什么要把自己分成碎片发给你
我却用电影阿育王中《尽情哭泣》的片尾曲
替代了我的全部解释

轮 转

我们在酒后拥抱彼此
指甲陷入对方的白肉里
我们都不出声,疼痛和红酒
把两个身体变成一个
又慢慢虚化成一个巨大的空洞

我失去身体,失去你
在失去方面,我总有多余的闲心和明知

苦痛像黑夜之中的寂静,滋生,浮游
指望在另一个身体上落地
而我希望它选择你,又希望放过你
我在自虐与虐你的臆想中
生出新的爱情,生出新的爱你的方式

你早于我醒过来,你的眼神
比我失去的身体更孤单。你再次用性爱
找回我,找回我没有声音的哭泣
剧烈的战栗中
你把被我咬破的拇指
再次放上我的牙齿

两尾赤鳞鱼

它们终于又相遇了
两条赤鳞鱼
在一个女诗人的肠胃里

在泰山半山腰的泉水中
它们活着,相恋,一晃七年
极阴的水性使它们拥有小小的身体
用小小的身体捕食,用小小的身体生育

同一天,它们被捕
一只跟被捕的鱼群
送到山下的餐馆
另一只被送到山顶的餐馆

而她被当作贵宾招待
在山下吃下一只
她又爬上山顶
吃下了另一只

仿佛她从山下到山上
仅仅是为两条鱼的合葬
提供一座坟墓

与我隐形的同居者

就是在独处的时候
我也没觉得
自己是一个人
不用眼睛,耳朵和鼻子
我也能知道
有一些物种和魂灵
在与我同行同坐同睡

我肯定拿不出证据
仅能凭借感受
触及他们——

就像这个夜晚
当我想脱掉灵魂,赤身裸体
去做一件
见不得人的事。一些魂灵
催促我"快去,快去……"
而另一些物种
伸出细长的胳膊
从每个方向勒紧我的脖子

童年教育

队长带着计生委的几个人
把躲在棉花地里的妈妈
搜出来,怀孕九个月的她
被摁在棉花地里
挣扎嘶喊到没有声息的妈妈
手上抓着拔起的棉株
弟弟像一只青棉桃
从她的子宫里摘了下来

我在五岁看到了这一幕
它胜过日后
这个世间,对我的
所有教育

李志勇 李志勇,1969年生,现居甘肃省甘南藏族自治州,作品散见于各大刊物,著有诗集《绿书》。

我想把"寂静制造者"这个称谓送与李志勇。不是寂静的声音,而是,视寂静本身为一种声音——放眼当今诗坛,真正能把这活儿干好的诗人,并不多见。谈到静,更多的写作者更喜欢从禅道出发,生发出诸多的文化意义来,但在李志勇这里,静源于生活内部的动,那种来自生活内部不断向上向外翻涌的能量,最终造成了他笔下的静寂,止住,或站立。这显然是诗人主动抑制的结果。也就是说,李志勇是一位在写作上有策略的诗人,在西北边塞诗风狂飙猛进的诗人群体中,他必须做这样一位有备而来的诗人,不然何以独木成林呢?

每次阅读李志勇的诗,我都感觉自己置身在一座孤绝高远的垸坝里面,头顶月明星稀,身边河水潺潺,羊圈、马棚、牛蹄、残雪、树影、烛火……这些被诗人笼统视为"事物"的东西,在诗人指认它们之前,都是沉寂而清凉的,形同普通的家什,只有当诗人目力所及顺手捡起把握时,它们才变得活灵活现。从另一方面来看,李志勇又是一位沉思型的诗人,他对外界的物象贪求甚少,而耽于贪念。一面镜子、一根试管、一只杯子、一只手、一对夫妻……他总是沉湎在对具体事物的抽象思维中,不断通过自证其有(或其无)的方式从混沌抵达澄澈。一般来说,这种自言自语式的写作如果处理不当,很容易陷入絮叨和语言的自我缠绕之中,但李志勇的诗完全没有给人以这样的印象,反之,他时而饶舌般的词语纠缠,往往可以将读者引向另一番前所未见的胜景。

十多年来我常常向人推荐这位我从未谋面的诗人,讲的次数多了,就觉得我们早就见过面了,要么就这样,不见也挺好。

红桦树

大部分人感到,红桦树的树皮就是它的花朵
少部分的人感到
蓝天上高高飞翔的几只鸟,是它的花朵
溪水在山下,在没有山风
树木非常安静时,能听到它流淌的声音
红桦树,树干火红,绿色的叶子
就像长在火焰之上
早上,整座山,像刚升上来时的样子
一身的水,然后慢慢地被阳光晒干
大部分人感到,红桦树的大门和窗户都朝山下敞开着
里面非常的凉爽
住着一个女子
少部分的人感到,尽管里面
是有一个清凉的女子,但红桦树
还是一座
已经开始燃烧了的、但还等待着神的庙宇

父母坟

每当我父母的坟墓经过车站、市场,最后经过广场
从对面大楼的一角划过时,我都正好走在下班回家的路上
我父母的坟墓已成了一个新的天体,浑圆、无声,也反射阳光
我有时只要稍微眯一下眼睛就能看到它们在天空里出现
它们将终生围绕我的头颅旋转,仿佛我头颅的两颗卫星
爸爸,现在就是草稍长些的那个天体,妈妈,是左边
那个,它上面的土还是新的
当我来到千里之外的荒野,它们甚至也夹在众多的星星间高悬在天边
他们活着的时候也没来过这么远的地方
我在街上或在家里,从客厅来到卧室,做饭或是看书,耳边一直都有
它们飞旋的声音
几片云悬浮在天边。能看到山上树梢、悬崖壁上慢慢移动的阳光
父母的坟在远处还显得很小,但我也一直注意着它们
并期待着它们能将我带走

喂 马

院子里比屋中冷了许多,星星
在天上,静静地照着这条山沟,除了目光
没有和这一样的了
我找到背筼,来到草房中,放下手电筒
一把一把地撕下填得很瓷实了的干草
装满后背起来,走向马圈
这时候我就是跪下,跪着走上十里,来到神前
又能怎么样呢
这一刻眼前也不会变得
更亮一些,双手也不变得更暖和一些
马圈里面,只有一点手电筒的光
还是能看到那匹黑马
一双安静的大大的眼睛
看得出来,它已永远地站在了语言之外
站在另一个世界之中
在这漆黑,散发着马粪那种氨味的圈棚里
像我们默写生字一样,它可能
一直在心里默写着自己的著作
在一个又一个这样安静的夜里
但我进去后它还是和往常一样
摔着尾巴,在低头吃草
那么平静从容

好像在这漆黑的屋子里
在我开门之前,它已经把那著作交给了
能够读它的人了

秋 天

山上长着一种专门结石头的树木
山上长着一种专门用于上吊自尽、执行绞刑的树木
小草,因此看上去,才非常让人轻松

我们今天,很多人都有些疲惫
此刻,都沉默着
墙角那边,风正像个小姑娘在犹豫,是否过来
最后一闪还是消失了

山上那种专门结石头的树木丰收了
提倡用石头埋人,有一点像是真理
提倡吃些石头,更符合实际,更像是真理

散　步

整年面对着这些群山,大家有时也到一些事物背后的
院子里去散步
见一下那里的光亮,寂静和空空的房子
这里,几乎每个事物背后都有个这么大的院子
阳光照着里面的草、积雪
我甚至走入过我桌上杯子背后、墨水瓶背后的院子里哭
　　泣过
而你坐着火车,去了另一些事物的背后
群山多年环绕这里,甚至当我们来到一些事物的背后
趴着院墙,也能看到它们积雪的山顶
看到山坡上一个个孩子欢笑奔跑着,而又力大无比地
将一枚石子扔进了他们父母的心里
一代人,在那些事物背后的院子里死去,但是
也可能很温暖,也可能就是种生活
你在一列奔驰的火车上散步,可能也是这样

篮 球

篮球的,或是孩子们的傍晚,慢慢地暗了下来
篮球被拍起来,被抢到手里又被扔了出去
从山岗上,一定能看到,它是一种奇异的事物

像那八九个孩子共同的心脏,在那里跳动
场边是些碎石、枯草和薄雪
头顶,云朵里只有云朵自身低飞的轰鸣
一个孩子加进来,也抢了一个
球,圆圆的被抱在怀里
在黄昏里闪着微光,他们谁也不知道它
是一粒尘土
多年后在今天,慢慢落了下来

不听话的孩子

一个孩子,因为吃饭时用筷子敲碗
长大后成了一个乞丐
他挨门挨户地讨饭,用一只空碗
一个孩子,因为吃了掏出的耳屎
变成了哑子
一个孩子不听话,因为用手接檐水玩耍
手指上长出了大大的疖子
那疖子越长越大只能用刀子割掉
一个孩子,因为吃饭拿筷子时总是握得很远
所以她长大后
嫁到了很远的地方
一个孩子不听话
骑在了一条狗身上,所以
他长大后结婚的那天,天就下起了大雨
一个孩子没有按大人说的那样
将掉下的牙齿扔上房顶
所以再也没有长出牙来
一个孩子不听话,喝了生水
而拉着肚子
然后就死了,被埋在地里
所以也有一个孩子,口里含了口水
跑过街道去救火

既不能吐掉水,又不能咽下
所以他也
无法发出呼喊的声音

手

尽管这是我不需要的、多余的一只手
但是也要戴一只手表,用来计量
多余的时间
它有时捏成拳头,表达着
多余的愤怒
到了这个年龄,补偿就会
到来,没有人会两手空空
但这只多余的手上
可能还会是空的
没有必要将它砍掉
很有可能在某一天,遇见众多死者
在握手时会用上它
它的每一根手指
都像是一个动物,安静但又敏感
很多时候,我多余的这只手
无事可做,在墙上独自玩着一种
手影游戏
只有那面墙壁需要它
将那只手,当成了
从荒野中来到这屋里的
一个生灵

墨水瓶

墨水瓶,非常像一个无头者的塑像
但我希望在我的纸上,他仍能继续进行搏斗
墨水瓶里,储存的东西已经很多了
足够一个人在荒野上坚持下去
在冬天,墨水仍然不能喝
但也在不断减少。树木伫立在雪中
但它们也都想离开这里,去吸收另外的水分
随着春的到来,墨水里的冰层也开始化了
田野上,一些地正在播种,一些地已经种完
我也回到了屋里
一边写,一边等待着瓶中的墨水慢慢上升

钟

你的那钟冰冷、沉重
被你提在手上
如同一个罐子
没人敲打而它也响着
什么也不宣告
它只是被围起来的一点空间
钟舌敲打着这点空间
才发出了一些声音
你只能费力地提着它
如果它变轻,就会演变成铃子
甚至成为一个灯罩,钟舌在里面
像一根蜡烛在燃烧
你的那钟,不能再熔化
不能再打造成
刀子,而那曾是你最渴望的东西
也许还是缺少足够浓烈的火焰
和足够的时间
伴随每一次失败,它都出现
你的那钟是在地道里的灯笼
你的那钟是向下开放的花朵
喜欢它的蝴蝶
还在远方的路上

雪飘下来,你可能会看得更清
你的那钟
在校园里敲打着,学生们
却都听不到声音
你的那钟,像只狗带着个盲人
在前面带着你
现在,它正在前面
攀登着一座高峰

红嘴鸦

仿佛刚啄食完红宝石一般,它的嘴
坚硬、鲜红,从很久以前
飞过草原,就学会了一种婴儿般的叫声
身躯仍保持着黑色
那只嘴,永远都像燃烧着
但从它的嘴里,也许仍能
找到一些完整的东西,一些未被烧毁的东西
散发着一种荒凉的味道
一只只红嘴鸦飞旋在村镇上空
放弃了属于个人的词语,在鸣叫
下面雪闪耀着平静的光芒

夫 妻

从阳台望着落雪的小镇,对妻子保持着沉默
雪很轻很白,来自远方。如果真有来自厨房的蝴蝶
也可能非常的多,非常的红,从锅下的
火焰中飞出来
因为高温,谁也不敢捕捉,不敢喂养
丈夫吃饭时,不知用筷子在碗里默默写下了
多少文字,一天天已接近一本书了
如果不是那些字
他可能什么也无法咽下
此刻,妻子正悄悄读着他写在碗里的东西
在厨房里,一个人哭了
因此有的碗才有了裂纹,有的碗
才有了一种声音,有了一种静默的能力

星球仪

作为星球,巨大、沉重是必须的。至少,当它碰到
我家门框时不会碎成一堆粉末,而是依然还能继续
按自己的速度旋转着,依然能运行在它的轨道上
我一个人,端着星球仪走进了自己屋里

屋里近似真空的空间,让它微微闪着亮光
如果再多一些星球,就能建出一条银河了
没有大气层包裹,当我的手触摸它时已不会燃烧了
我摸着那些无名的山峦、湖泊和群岛,像摸着

一种古代的盲文,里面或许就有真理,而我还不能
把握。有些山峦正在崩塌,而有些崩塌可能就是
建构。只要允许我们幻想,我们也能制作它们
做出一个星球的或宇宙的模型,来认识窗外的街道

认识窗外的田野、天空。那里,一片旷野敞开着
有一棵树,一个人。更远处是一些星球在空气中
缓缓地旋转着。我们在田野这边静默着
我们的语言,更像是另一个无边、深邃的宇宙

试 管

在一只玻璃的文学试管里,细菌被培养成了老虎
土屋被装成了宫殿,石头全都变成了蓝色
但是最后,闪光的仍然还是里面的文学

试管完全透明,随时都能看到里面的东西
随时你都可以把它倒空,或者继续往里添加东西
如果你有足够勇气,也有漫长等待的耐心

通过试管,一些人在学习如何处理悲伤,如何
处理沉默。一些人,通过试管已经
发明了新词,通过试管在岩石中找到了乳汁

有人已经把书、茶杯、火柴,把所有的东西都投进了
试管,甚至把自己也全部投入了试管,在里面
体验失败和孤独,在里面人到中年,仍如一个婴儿

镜 子

镜子背后也存在大脑,它思考着它望见的雪山
他们还把镜子推向更近之处,来观察
那些事物,为了更加清晰他们也在冒险

他们把它放在了旷野之上,看着里面出现的
雪、石头,来观察到底有没有冬天
镜子里有的可能才是真的

有人把他的镜子转向群山时,里面就会
出现群山,有人把他的镜子
转向山谷时,里面却是一片空白

应该早早就把万物装入镜子,到时它才会显现
当你装入,然后也可能会被清空,但你也还是要
敢于面对那个空空的、里面什么也没有的镜子

河 水

河水里的那个漩涡并没流动,没有跟着
河水流向下游。它是河水本身
又是河水中唯一不动的东西
漩涡,像一台发动机在水里缓缓旋转着
给某个巨大的东西提供着力量
河水可以载起很重的东西,而看上去
只是像一条在地上平展着飘动的炊烟
河水每一刻都在流动,你几乎无法找到
掉进水里的任何东西
河水每一刻都在流动,但是也有缝隙
让你可以把手臂伸进河水里面
不像奔驰中的火车,你根本无法把手
伸进车里,去感觉一下车里的冷热
尽管这样,很多时候,你也还是
无法抓住河水里伸出的手臂
你能捞出河里的树枝、木板
但是仍无法取出那个漩涡
把它带走。你每次取到的
都只是河水,不是河流

杯 子

杯子里,有着人们未知的寓意
我们靠杯子的
形式喝水。我们需要的基本都是形式

有时,我们甚至也能握着这种形式取暖
在这形式中反映出的事物,清澈、安静
带着杯子的面目

杯子上,可能一些地方也有虚构,但摸上去
手指下也有光滑、冰凉的感觉
杯子上,一些地方甚至还有声调,使杯子

听上去也一片明亮、清澈
太阳高悬天空,在中午
杯壁、杯口还有杯子里的那点虚空,都在熠熠闪烁

杨 树

是我们觉得我们得用另一种语言向你解释
在很久以前,它还在结麦穗,因为无人收割而停了下来
在很久以前,它被制造得像针一样,穿出了地面
这是不同于给客人或给妻子的解释。风从树叶上一片片
　吹过去
它用站立的词汇表达奔跑
它因为囚禁了大量的火焰而在雨后使空气有一种清新的
　气味
我们这样说话,就好像只有这样说话才有价值似的
你要是出来也能看到,它让语言被迫作出的哑子的动作
我们这样说话就好像我们已经换了一种语言。事情就是
　这样
是我们自己觉得它们在说话,实际上杨树沉默着
叶子在风里哗哗作响,仿佛一条河流从树梢上流了过去
在很久以前
它可能就等着这条空气的河流,把地上的叶子又漂起来
　给它
在很久以前,它还在开一种淡黄的花朵,还是另外一种
　树木

刘 川

刘川,1975年生。祖籍辽宁阜新。曾出版诗集《拯救火车》《大街上》《打狗棒》《刘川诗选》等。曾获得人民文学奖、徐志摩诗歌奖、中国散文诗年度奖、天马奖、辽宁文学奖、中国当代诗歌奖(2017—2018)贡献奖、2014—2015《葵》·现代诗双年建设奖等。现居沈阳。

东北方言对现代汉语的丰富性贡献有多大,我没有仔细考究过,但我一直觉得,那片神奇的土地养育了一群特别神奇的人,从语言方式到思维方式,他们都与主流的汉语世界大不一样。把刘川的写作放在这样一种背景下面来考量,我们很快就能发现他的过人之处,譬如说,那种极其机趣,诙谐,幽默,反讽,自嘲……的能力,那种充满想象力的语言品质,其实都是与他成长的语境严丝合缝的。我曾经在一篇短文中谈到过刘川身上浓郁的悲剧意识(事实上我本人也是一个悲观主义者),纵观刘川这些年来的写作,这一主题从来不曾有过动摇。悲观与虚无不同,从悲观出发可以生长出积极的生活态度,而虚无只会被心灵的黑洞吞噬。刘川的诗歌之所以能在灰暗的底色中见到人性的光亮——哪怕他使用的是嘲弄的语调,抱守着旁观者的立场,却依然能让读者窥见人性的善意——就是因为诗人恰如其分地恪守了这种飞蛾般的趋光性本能,释放出了类似于"终有一死"的勇气,这种决绝的力量消淡了生之荒诞与悲怆,危险地修复了我们行将颓塌的人生观。

对刘川来说,选择口语并非是一种写作策略,更可能是某种与生俱来的语言觉悟,所以,口语的力量在刘川的诗歌中得到了炉火纯青的运用,急走急停甚至横向漂移的语言驾驭能力,在给读者持续带来阅读快感的同时,也进一步激活了现代汉语对世道人心的浇灌能力。从刘川的写作中,我们可以得到一个启示:只有充分信任语言的人,才能真正写出好诗;而语言的怯懦者,只会在油腔滑调的泥沼里面转圈。

在孤独的大城市里看月亮

月亮上也没有
我的亲戚朋友
我为什么
一遍遍看它

月亮上也没有
你的家人眷属
你为什么
也一遍遍看它

一次,我和一个仇家
打过了架
我看月亮时
发现他
也在看月亮

我心里的仇恨
一下子就全没了

蚊香印象记

我妈买了
一盘又一盘蚊香来烧
熏蚊子
我爸不用买
因为我爸已经死了
从火化场出来
满满一大盒子骨灰
夏夜,我妈烧蚊香
我总是听见
轻微的声音
仿佛我爸
点着了自己
一截一截的骨灰
吧嗒、吧嗒
掉落下来
我心酸无比地问
他人都不在了
辛辛苦苦
忙着熏的
又是什么

这个世界不可抗拒

世界上所有的孕妇
都到街上集合
站成排、站成列
(就像阅兵式一样)
我看见了
并不惊奇
我只惊奇于
她们体内的婴儿
都是头朝下
集体倒立着的
新一代人
与我们的方向
截然相反
看来他们
更与我们势不两立
决不苟同
但我并不恐慌
因为只要他们敢出来
这个世界
就能立即把他们
正过来

夜

像极了成功的
剖腹产手术
咔嚓一声
一道闪电
把漆黑的夜
划开一道口子

之后
又裂口合拢
像极了伤口缝合手术

一晚上
我看着手术反复进行
我在纸上
冷静、客观、略带忧伤地
记录如下——
古老的黑夜
依旧什么也没有生出来

所谓的名人，你们不用再争吵了

我不反驳你们
但关于人的名字
留在世界上时间的长短
我仍然觉得它完全取决于
该名字刻进墓碑的深浅

地球上的人乱成一团

我总有一种冲动
把一个墓园拿起来
当一把梳子
用它一排排整齐的墓碑
梳一梳操场上的乱跑的学生
梳一梳广场上拥挤的市民
梳一梳市场上混乱的商贩
只需轻轻一梳
他们就无比整齐了

昨晚与妻子在路边烧烤摊上吃羊肉串时所见所感

这一队学生从大街上跑过
没一个掉队
没一个跑散
没一个停下
没一个扭头
没一个乱了步伐
他们整整齐齐
从大街上跑过
像被穿成了一串
只是那根铁钎子在哪儿
我总也找不到
每一次看见他们
我都纳闷
这么多头上身上
都冒着青春气息和自由活力的青年
是怎样
被穿到一起的

失物招领

昨天散步
捡到一根
粗大的铁棒
是谁所失
有急用否
是否在苦苦寻觅
我攥着铁棒
站在路旁
想做活雷锋
但一个个路人看着我
胆战心惊
侧身而过
落荒而逃
过去自卑的我
也一下子阳刚起来
一根铁棒
难道就是
我丢失已久的脊梁
人们如此胆小
难道它也是
他们刚刚
被抽掉的脊梁

通往火葬场的路上

我拦住一套西装
一套中山装、一套牛仔装
一套文雅、漂亮的连衣裙
衣服们,你们这是去哪儿
我们去把肉体运到那个火炉里
倒掉

人们像箭一样忙

大路上
跑步者使劲超过步行者
自行车用力超过跑步者
摩托车加油门超过自行车
出租车拼命加速
超过摩托车
而救护车、消防车、警车
拼命超过出租车
人们啊,箭一样要去射中什么

如果用医院的 X 光机
看这个世界

并没有一群一群的人
只有一具一具骨架
白刷刷
摇摇摆摆
在世上乱走
奇怪的是
为什么同样的骨架
其中一些
要向另外一些
弯曲、跪拜
其中一些
要骑在
另一些的骷髅头上
而更令人百思不解的是
为什么其中一些骨架
要在别墅里
包养若干骨架
并依次跨到
它们上面
去摩擦它们那块
空空洞洞的胯骨

过肉铺一咏

新年过完
到这里一转
惊讶地发现
人还是人
畜生还是畜生
抡刀的还在抡刀
被宰的被切割的被剁的依旧
不吭一声

心境一种

此刻我的心异常宁静
但我知道
那是一挂鞭炮
与一盒火柴
放在一起的
那种宁静

链 子

这群人身上
全是锁链
项链、手链
腰链、脚链
当然还有鼻环、手镯
唇环、乳环、戒指
以及避孕环等等
这些算不算也是
链子的一环
现在
这群人自由自在地
佩戴着
这么多昂贵的链子
正趾高气扬地
从解放纪念碑前经过

血 脉

蚊子们,在夏夜
吸了我爸的血
以及我
我妹
我弟
我女儿的血

天明,当它们
拖着沉重的
紫红色大肚皮
笨拙飞起
就仿佛又一个
刘氏家庭
在空中
组成了

人们身上全是名牌

这群人身上
全是名牌
衣服、裤子
背包、手链
领带、袜子
手机、相机
手表、裤带
内衣、内裤
护肤品、香水
发胶、口红、指甲油……
总之,他们身上
全是名牌
这些名贵的牌子我全认识
这群人
我一个也不认识

我在中国失眠

半夜里
在辽宁坐着
身在中国地图
鸡嘴的位置
四十余年
我一语不发
不知这鸡什么时候
仰天一鸣
我一语不发
不知这鸡
还有多久
迎来黎明

刘 年

刘年,本名刘代福,1974年生,湘西永顺人。喜欢落日、荒原和雪。主张诗人应当站在弱者一方。出版有诗集《为何生命苍凉如水》。

我曾给刘年写过一个授奖辞,其中有这样一段:"刘年正以一种罕见的勇气重塑着诗人在这个时代应有的形象,他的写作衔接甚至部分恢复了中国古典文学传统中'行吟者'的面貌,那是一种通天达地,同时又勘察入微的智性和感性能力。"现在,当我再一次集中阅读刘年的作品时,这种感觉越发强烈。在一个人人都自认为"写得好"的自媒体时代,谈论一首诗歌的好坏已经没有多大意义,我更看重的是,诗人在这个时代所扮演的角色,他究竟是一个在美学趣味上随波逐流的人,还是固执己见、强力呈现自我本色的写作者,他的写作是否真的具备召唤世道人心的能力。具体到刘年身上,我们可以清楚地看见一个行色苍茫的过客(而非浪子)形象,他总是逆着人流迎着落日走向未知之境,尾随其后的只有一缕缕尘烟。

刘年的诗歌基本上都遵循着"从看见到说出"这一原则,但其所见所闻所感却让人耳目一新,这得益于他对细节的捕获和把握能力。多年的漫游经历形成了刘年特有的审美视角,如果让我给他的语言特点下一个判断,我以为"说唱"这种腔调比较适合于他,歌咏或咏叹式的长短句子,时而急促时而舒缓的气息,对应着时而高远廓大时而陡峭狭窄的心灵地貌,很好地贴近了一个行吟者"在路上"的生理和心理状态。刘年的诗歌在某种程度上具有不可复制性(除了他本人),最主要的原因在于,他将独特的生存经验融入了更为独特的生命体验中,而且这种体验还在不断地深入和强化。他有一种罕见的大开大合的功力,粗砺与柔情、悲怆与窃喜奇妙地并置在短短数行之间,形成了一个密不透风的整体文本。也许在某些人看来,刘年的写作过于高蹈了,但在我眼中,这恰恰是他的独特性所在。

邀请函

明日最好,溪谷樱花盛极
虽仅一树,但姿态绝美

七日亦可,可赏花落
切莫再迟,樱花落尽,吾将远行

汪家庄的白杨

起风了
水柳在摇,椿树在摇,棣棠在摇,板栗树也在摇
有鸟窝的白杨,摇动幅度最小

悲 歌

为什么悲伤如此巨大？为什么欢愉如此短暂？
为什么，我如此眷恋生命？
应该如何向你描述我的远方？
佝偻在土地上的人，天边的北斗七星，是永远拉不直的
　问号

黄河颂

源头的庙里,只有一个喇嘛
每次捡牛粪,都会搂起袈裟,赤脚蹚过黄河

低头饮水的牦牛
角,一致指向巴颜喀拉雪山

星宿海的藏女,有时,会舀起鱼,有时,会舀起一些星星
鱼倒回水里,星星装进木桶,背回帐篷

春风辞

快递员老王,突然,被寄回了老家
老婆把他平放在床上,一层一层地拆
坟地里,蕨菜纷纷松开了拳头
春风,像一条巨大的舌头,舔舐着人间

风 溪

女人在上游洗尿布,老和尚在下游洗袈裟

女人端起塑料盆,要去下游
被老和尚阻止了
"尿布,是小一点的袈裟"

他们走后,来了一群麻鸭,洗脚,洗翅膀,洗嘴

羊峰的稻子熟了没有

稻田里有很多眼,不确定,哪是黄鳝,哪是水蛇
只确定,每根发光的田埂,都通往一个家

出于对稻子的热爱,经常吃三碗饭
出于对稻子的尊重,会把饭粒捡起来,喂进嘴里

李四的凉粉车,好几天没来,希望是羊峰的稻子熟了

游大昭寺

一个敲鼓唱经的喇嘛和一个沉默的诗人相遇了
大殿上,酥油灯的光芒逐渐强烈,栅栏逐渐消失

懂了吗?喇嘛歌颂着的就是诗人诅咒过的人间
懂了吗?那些诗歌串起来,挂在风中,就是经幡

没有人注意,留在殿里是一个身着袈裟的诗人
走上大巴的,是一个带着相机和微笑的苦行僧

稻 草

秧,老了,就成了稻草
稻草搓成绳子,可以系住一些本已散去的事物

草绳弯在门口,女人惊出了一身冷汗
以为是蛇

那晚,月光极好,草绳在老槐上,突然有了生命
蛇一样,绞住了秦寡妇的脖子

念青唐古拉山

走近一些,念青唐古拉山会站起来
再走近一些,青稞会为你返青,菜花会为你返黄

念青唐古拉山是个人名
你喊,她会答应

喊得足够大,足够久,足够真,她会发生雪崩

夕阳之歌

等蜻蜓选定落脚的稻叶
等花头巾的女人,取下孩子背上的书包
等牛羊全部过了木桥
夕阳才沉下去

买盐记

走出门,想了想
返身回去
把煮冬瓜的火关了
超市隔着两条街
对于回来
我没有绝对的信心

离别辞

白岩寺空着两亩水,你若去了,请种上藕

我会经常来
有时看你,有时看莲

我不带琴来,雨水那么多;我不带伞来,莲叶那么大

雕 塑

雕塑家出了车祸
受害最深的
除了老年痴呆的母亲
还有那块大理石
作为一块石头,它已经不完整
但又没有完全变成一个勇士
于是,草坪上,总有一个人形的东西
在石头里挣扎

老花铺

老花铺的夏天要用珍珠李,油桃,脆皮梨
这些富含糖分的词汇来比喻

苞谷苗像三千嫔妃,为农民夹道起舞
黄狗,儿子,父亲从红土路上依次远去

我打赤脚,是为了和大地保持肉体关系
我吹陶笛,是因为有炊烟比旗帜还要庄严地升起

沉 默

鲶鱼像一个坚决不从的女人,扭来扭去

变成了两段还在扭,两段同时扭
有血的那头,在互相找
总也对不齐,总也合不拢,总也不做声

买盐回来,两段还在扭
有血的那头,还在互相找
总也对不齐,总也合不拢,总也不作声

两段深黑的沉默,偶尔碰在一起,也没有声响

王 村

过些年,我会回到王村的后山
种一厢辣椒,一厢浆果,一厢韭菜
喜欢土地的诚实,锄头的简单,四季的守信
累了,就去石崖上坐一坐
那里可以看到深青的酉水

我会迎风流泪
有时候,是因为吃了生椒
有时候,是因为看久了落日
有一次,是因为看到你,提着拉杆箱
下了船,在码头上问路

晚　晴

瘸腿的拾荒者,取下草帽,露出狮鬃般的长发
农妇直起腰来,群山伏了下去

彩虹,是落日给人类的加冕
牛羊鲜艳,天地酡红

看到落日的,落日看到的,一一被赠予了光辉

黄叶村的雪

矮胖,小眼睛,一样的害怕温暖
小女孩堆的雪人,是我的塑像

雪,越下越紧,卧佛寺传来警钟
林冲就是这样走失在风雪里的

不能再往前走了,贾宝玉就是这样走失在风雪里的

猛洞河

船滑过水,和指肚滑过皮肤一样
没有一点声音

常有女人,禁不起水的诱惑,洗完衣裳,洗自己
洗完自己,又洗水

常有女人,船到了跟前
才缩进透明的水里

一个八十岁女人的裸体,比三十岁女人的裸体
更加惊心动魄

乌兰察布的春

初春,一到乌兰察布,就老成了深秋
杨树扭曲,经霜的枯枝,像散落在荒野上的白骨

星光,有毒
喜鹊喊出了乌鸦的嘶哑

沙地上,和衣而睡的男子,一觉醒来,老了十岁
月光,有剧毒

铁 歌

铁的悲哀,莫过于挂在墙上,独自生锈
锈,是一种病

铁害怕柔软的事物,刀送进猪心的时候
王屠夫感到了铁的抽搐

铁,喜欢发出声音
唐铁匠一手拿小锤,一手用火钳翻动红铁
妻子洋芋一样壮,抡大锤
叮当叮当,整个胡家村都听得见

铁的本质
是种乐器

我喜欢粗陶胜过精致的瓷

做一只陶罐真好,会被那个女人抱走
陶壁,吻合腰线

装一罐清水,在菜地边
白天浇苦瓜,晚上,养一只丰满的月亮

落雨的日子,她会把我抱进屋里,装紫薯酒
酒喝完了,我一直空在那里

邻居,会拿我来装她的骨灰

出云南记

不管云来云去,云少云多,云白云黑
天,始终平静

坐在风中,端详众生
梅里雪山一样
我拒绝融化,拒绝征服,拒绝开满山的花

等你想起来,我已掉头而去,金沙江一样
二十七座水电站都锁不住

大西北

我的孤独,像阴山;我的忧虑,像祁连山
我的内疚,像白雪皑皑的贺兰山
只有一望无际的辽阔,才放得下
这是我一次次,像落日一样,走向地平线的原因

伊斯坦布尔的往事

一种类似消化液的强酸,将沙特记者溶成了液体
他的骨头、肝胆、知道的秘密和承受的痛苦
同人们的粪便一起,从伊斯坦布尔的下水道,排入黑海

秘密会沉入海底;骨头和肝胆,会被鱼吃掉
痛苦,鱼不吃,会随着海水,慢慢地向全世界扩散

楚 歌

楚虽三户,亡秦必楚,打湖南,要小心
对此警告,日本人不屑一顾,取燕山,过长城
如摧枯拉朽,况乎无险可守的鱼米之乡

常德会战,中方伤亡 6 万,日方 4 千
在衡阳,中方伤亡 1.7 万,日方 3.9 万
在长沙,中方伤亡 13 万,日方 10.7 万
在湘西,中方伤亡 2.66 万,日方 2.7 万
最终,日方于芷江,签城下之盟

清明,骑摩托环行常德、长沙、衡阳
在湘西,见一农妇,冒雨插秧,湿透了还在插
像一个老兵,没有接到撤退的命令
她直起腰,望了望黑云重重的天空,又继续插

大雪赋

1

雪,落在雪上
并不多余
许多事物
需要覆盖
雪,落在雪上的雪上
依然不多余
许多事物
需要掩埋

2

落在路上的雪
是种呈现
类似于白纸
呈现黑字
——有个固执的人
朝这条固执的路走了

3

落在野梅上的雪
被赶路的人

取下来
当成白糖
慢慢地嚼
站在高处看
大地上像一个餐桌
大大小小的馒头
分不出哪是工棚
哪是坟头

4

落在横断山脉的雪
是赞美
落在青藏高原的雪
是赞美
落在雅鲁藏布大峡谷的雪
是更深的赞美
落在白发上的雪
是种沉默

5

落在松林的雪
被游客堆起来
让它有了小女孩的
眼睛、公主裙和微笑
又把她一个人

丢弃黑夜里
雪人的害怕
赶路人感觉得到

6

往雪上加雪
小女孩迅速长成了
高大强壮的妇女
钻进雪人的身体,蜷起来
雪的温暖
只有赶路人
感受得到

7

雪,越落越大
由呈现变成了掩盖
如同白纸上
从未有过黑字
这条路看起来从来
没有人走过

8

每一片雪花
都是美丽的
纯洁的

至于那场雪崩
是赶路人的错

9

雪,落了一场又一场
掩盖变成了掩埋
仿佛从来
没有过雪崩
仿佛从来
没有过这条
路

吕 约

吕约,20世纪70年代生于湖北武穴,曾在媒体任职多年,现为十月文学院常务副院长。著有诗集《吕约诗选》《回到呼吸》和《破坏仪式的女人》等,另著有学术专著《喜智与悲智》,批评文集《戴面膜的女幽灵》。曾获首届骆一禾诗歌奖。作品被译成德语、意大利语、英语、西班牙语、日语等。

吕约是一位风格化极强的诗人,而且写作的主题也相对集中、鲜明。我个人觉得,这种风格的形成与她长期从事的媒体工作有关。一般来说,外界的刺激对诗人的写作不会像小说家那么强烈,因为诗歌毕竟是一种极其主观化的文体,题材(或素材)这种东西,对于诗人来讲并不重要,除非诗人的兴奋点恰好与这种刺激无缝契合。然而,在吕约这里,我们看到,她几乎所有优秀的诗篇都与此有关,即,由某个事件所激发,引导出她对生命一步步深入的思考。从个体处境到人类命运,从日常现实到梦境乃至科幻中的景象,都能在吕约诗歌中得到呈现和处理,而且这种处理往往不合常规,她似乎偏爱在诗意全无的地方让语言自主搏杀,从而形成外界与内心世界的对冲感。

贴在吕约身上的另外一个标签是:硬朗。很多读者都注意到了,吕约的写作几乎从来不使用绵软的意象,她更乐于从细部情感出发,迅速以一种饱满的情绪向前推进,直达她预设的情感之穹,铿锵有力的回旋语调,步步进逼的节奏感,在吕约的写作中构成了非常独特的一面。我至今还记得当年初读《欢爱时闭上的眼睛》这首诗时的兴奋感,短短九行诗,几乎就奠定了她后来整体的写作风格,直到《叹息国》的出现,这种风格被进一步强化。这种方向感明确的写作,一方面确保了她文本的辨识度,另一方面也大大增加了写作的难度,使她不得不成为一位以少胜多的诗人。

叹息国

从前地球的北边有个国家,
那儿的人民有一个脑袋,两条腿。
他们发明了世界上最美的语言,
想说心里话却只能发出没词的声音。

不,他们不是哑巴,也不是幸福的聋子,
皇帝虽然威严,却没有割掉他们的舌头。
该说话的时候他们会张开嘴巴,
只在关键时候把话吞回肚子,吐出一口气。

有人记得,他们的祖先有说有笑,热爱辩论,
辩论时滔滔不绝,老天爷都插不了嘴。
谁也记不清,到底从什么时候起,为了什么,
有人发出第一声震撼人心的叹息——
他们突然停止辩论,迷上了新的游戏。

出生时不哭也不笑,只是叹一口气,
睡觉前叹一口气,睡醒后再叹一口气。
婚礼上,围着新娘叹息一声表示祝福,
葬礼上,叹息一声再把死者忘记。
紧闭的嘴里传出深沉的叹息。

自从发现最美妙的语言是叹息，
智慧的民族就停止了废话。
世间万事都是命定，何必吵吵闹闹？
只有叹息才能让自己和别人安宁，
只有叹息才能给人世间带来和平。

说话需要学习，说错了还要付出代价，
还是叹息轻松，自然而然又安全，
我没有说话，也没有彻底闭嘴，
不用提问就已回答，不用倾诉就已理解，
叹息是变成气的语言。

对着月亮叹息，是在表达爱情，
月亮也只对着他们叹息。
跪在地上叹息，是在祈祷，
神灵也用叹息回答他们。

从此告别搏斗和战争，野蛮人的游戏，
谁希望在擂鼓声里唉声叹气？
"傻瓜才打仗，打仗还不如坐牢！"
牢房里更适合无忧无虑地叹息。

爷爷望着孙子叹息，孙子望着爷爷叹息，
狗呢？狗忘了吠叫，学会了默默叹息。
老天爷保佑我们好好活着，还能不时发出叹息，不要剥夺善良的人们叹息的权利。

代代相传的最深刻的道理,感人的心声,
不管是舌头吐出来的,还是笔尖流出来的,
最后都以叹息结束,洞悉一切又无可奈何的叹息。
每个人的叹息,混合成一团巨大的叹息,
笼罩在他们的头顶和心底。

不,叹息并不单调,音乐哪有它微妙?
好和坏,对和错,喜和忧,爱和恨,
应有尽有,融化成一团混沌。
绝望里藏着希望,希望里来点绝望,
最伟大的叹息变化无穷。

每声叹息都蕴藏着特殊的意义,
只有傻瓜才觉得听上去一模一样。
竖起耳朵仔细听,聪明人一听就明白,
听明白后就只能跟着它一起叹息。

桃花开的时候,像酿酒一样酝酿叹息,
双腿盘坐,双眼紧闭双唇紧闭,
无数词儿像米粒在胸中发酵,
喉咙里涌动又苦又甜的醇厚气息。

比叹息更醉人的唯有叹息后的寂静,

叹息后的寂静里隐约传来更悠久的叹息,
猫竖起耳朵,老鼠不敢吱声,
妖魔鬼怪也满怀惆怅地侧耳倾听。

月亮最圆的时候举行叹息比赛,
看谁能用最少的语言表达最长的叹息。
获胜的人被称为诗人,他们注定命运不济,
为了替全民族创造流传百世的叹息。

画家画出他的叹息,用山水,用云烟,
音乐家奏出他的叹息,用五弦,用琵琶,
将军在决战前夜像诗人一样用笔写下叹息。
多情的皇帝深深感动,签完死刑命令后,
他在重重帷幕里发出无声的叹息。

为全天下叹息忘了自己的叫做圣人,
他对着河水发出深远又无奈,无奈又深远的叹息,
河水又用这声叹息这声魔咒哺育一代代子孙。
躲得最远的是那位无名的老人,为了摆脱这一切,
他正在练习变成婴儿回到叹息之前。

叹息国的敌国是野蛮的咆哮国,
那里的一切正好相反,那里的一切都充满错误。
错就错在什么都想说个明白,只好咆哮,咆哮,
叹息国的人民只能捂着耳朵为他们深深叹息。

那些只会吵吵嚷嚷的民族,管不住自己嘴巴的民族,
以为什么都能说个明白的民族,
说完就要行动的民族,至今没有开窍的民族,
怎么能指望他们理解世界上最深沉的民族?

唉,不幸的是,来了一场大火,
这个最迷人的国度从地球上消失了,
带着它的皇帝,大臣,它的圣人和诗人
它的爷爷,孙子和小狗……
到另一个世界传播他们可爱的声音

只有一只鹦鹉从火里飞出来了,
对着没有主人的世界生气,
突然抖了抖烧焦的羽毛,
用学来的音调发出传神的叹息。

唉,这首诗也只是一声短短的叹息。
收到为纪念他们而写的这首诗,
他们绝不会夸我,也懒得谴责我,
只是叹息一声,再叹息一声,
告诉我什么才是真正的叹息。

欢爱时闭上的眼睛

欢爱时闭上的眼睛
在仇恨中睁开了
再也不肯闭上
盯着爱情没有看见的东西

欢爱时的高声咒骂
变成了真正的诅咒
去死吧,去死吧
直到死像鹦鹉一样应和
喊着爱情没有宽恕的名字

炸弹漫游

一个穿白色西装的人携带一颗炸弹
四处漫游
寻找合适的时间和地点

这颗炸弹比它的祖先们更纯洁
它要做一件严肃的事情,不伤及无辜
也不为自己谋求利益
炸弹温柔地盯着每个可爱的人
表示对他们的宽恕
同时暗示他们不要作声
它知道他们知道
但没有人对它的到来表示震惊
也没有人表示心领神会
地铁里一个捧着日本漫画的小伙子
听到警报器发出低鸣,转过头来看了它一眼
戴上了 MP3 耳塞

炸弹以为自己是马槽里的圣婴或 Visa 信用卡
暂时没有人看出自己的危险
和妙处
它拐弯抹角地刺探每个人对世界的意见
偷听门背后一对夫妻的对话

丝绒心事重重地擦拭眼镜的声音、碎纸机的声音、螺旋桨
　的声音
以及主席台上的咳嗽
据此推断人们对它的意见
使命感使得它像大师一样关心自己的形象
一个姑娘在粉红的纸上画,她怎么画我?
一个老人从养老院的窗户往外看,他怎么看我?
和尚们像摇滚歌手一样唱,他们怎么唱我?
商人们在海边思考死亡像在搞慈善活动,
他们怎么思考我?
魔术师从空气中抓住热带鱼,他们能否抓住我?
摄影记者有没有拍到我?
宇航员们在去火星派对的路上是否记得我?
火星上是否也有炸弹降生?
将要出生的孩子们和其他怪物们
会不会梦见我?
你怎么看待
我们要完成的事情?
炸弹向遇见的每个人提问
连正忙着制作雕像的石头也不放过
它是一个提问之王

炸弹像蝴蝶一样掠过
所到之处没有丝毫的紊乱
没有一片树叶停止生长

没有一台机器停下来
实验室的指针按规定慢慢画出了一条条曲线
石头做的雕像已经分配完毕
每个人都在卧室里立着自己的雕像
对着它弹钢琴
炸弹不忍心打断

别人也不忍心打断炸弹的行程
狗在看动画片
医生在宣判死刑
发明家在工地上
元首们在讨论星座
上帝和菩萨在主持石油会议
所有有爪子和没爪子的
可爱和不可爱的东西
像盯着啤酒瓶盖一样
漫不经心地盯着炸弹
对它表示宽恕
甚至像摸卷毛小狗一样摸摸它

噢炸弹
他们宁肯死于一切
也不肯被你救活
炸弹感到越来越孤独
它像狗一样躺在公园的草地上

望着浮云,咽了咽口水
对自己以及自己的后代的影响力
产生了深刻的怀疑

炸弹在旅途中借着月光立下遗嘱
禁止它的子孙
思考爆炸之外的事情

诗歌不知道自己已经死了

诗歌不知道自己已经死了
在一千个洞的高尔夫球场上为它举行了国葬
眼皮上撒上花瓣,花瓣上洒上几滴眼泪
一滴来自希腊人,一滴来自印第安人
一滴来自海豹
墓志铭由拉丁文和甲骨文写成
所有长着两条腿的人都看到它终于死了
身穿黑色和金色织成的寿衣
嘴角似笑非笑

草履虫活着,蜥蜴活着,蝴蝶活着
所有爬行和飞行的东西都活着
恐龙正和小学生一起去动物园春游
挺着喝饱了奶的小肚子
教皇活着,正坐飞机去非洲
非洲活着
第九代机器人也将活着
诗歌不知道自己已经死了
它梦见自己带着所有的死者,孩子和孕妇
在天堂跳伞
在地狱发射火箭
在第三世界的大街上穿着防弹背心跑马拉松

葬礼上,一个孩子发现它的眼睛还在眼皮下转动
但它捐出了自己的眼角膜
所以它将永远看不见自己的死亡

回到呼吸

好奇的年轻父母像狗熊一样
将鼻子凑近婴儿的鼻孔,品尝
陌生的新鲜的气流

饥饿的恋人像昆虫
吃光了彼此的呼吸,分手时
呼吸困难

那些只剩下自己
独自呼吸的人
忘了自己
也忘了别人
在呼吸

他们从自己身上跨了过去
追着吝啬的世界要奖品
要大数字,要钥匙,要密码
要未来,踩着死亡的油门
再也没有回到自己身上
再也没有回到呼吸之中

呼吸像仆人一样忙碌

像上帝一样无所事事
只要你不嫁祸于呼吸
它不会伸出食指来指责你
水不会指责鱼忘了自己在水里

如果迷恋自己的每一次
呼——吸——呼——吸——呼——吸——呼——吸——
像侦探一样跟踪
鼻腔进进出出的气流
那些无法参与你的呼吸的东西
那个叫"世界"的东西
会收起它所有的钱所有的眼泪
夹着尾巴消失

呼吸是我体内最后一颗种子
最后一张王牌

睡眠总是无法继承

我们的父母
睡得很稳
他们说完"是"
或"不"
就打起了呼噜

我们这一代人
总是睡不着
即使在春天的夜晚
也翻来复去
问自己,互相问:
对不对?
做得
对不对?
即使闭上眼不出声
也是为了
尽快把答案骗到手

在黄色木门的另一边
我们的孩子
压根儿不睡
偶尔爆发出
一阵大笑

你在飞机上哭泣

法兰克福回北京的空客380上
灯,山间磷火一朵一朵熄灭
失眠者开始与座椅靠背搏斗
你靠向我左肩
无声哭泣
脖子上一滴久违的眼泪
让我背脊着火

为了茫茫大地上某个
不比尘埃更大
迟早有一死的男人
你像叙利亚儿童一样流泪

惭愧,我安慰人的本领
像地球政治一样丝毫没有进步
邻座的金发姑娘戴上黑眼罩
在他人的哀伤或失态前
及时转过脸去
这是新文明的起点

屏幕显示飞行高度11500m
前方乌兰巴托

飞机没有因为一滴眼泪
重量超载而坠入大海
钢铁天使穿过迷雾平静前行
带着坚不可摧的使命
要将每个人送回
离不开他的大地

驳奥登

"太孩子气了,"你敲敲我们的头说
"诗人要么长年孤独,要么青春早逝"

——不!我不会死得那么快
也不会在孤独中变态

为了粉碎你的严酷咒语
要投入整整一生,还要押上
从死神那里偷来的宝贵时光

朱零

朱零，20世纪60年代末生人，随笔作家，诗人。著有诗集、随笔集、诗论集多部，主编有《人民文学》"新浪潮"丛书小说卷、非虚构卷、诗歌卷，并连续主编由作家出版社出版发行的《2015年度诗人选》《2016年度诗人选》《2017年度诗人选》等众多选本。现任《中国校园文学》总策划、营运总监。

我不大喜欢用"悲悯"之类词汇来谈论一个人的写作,因为如果找不到这种依附在作者身上的思想的源头或缘起,就很容易将原本充满个性的写作抽象化,变成某种概念的衍生品,这对作品和作者的伤害甚至大于沉默本身。但在阅读朱零的过程中,这种逐渐加深的印象和情绪还是一次次笼罩住了我,让我难以绕开事关生死的话题。生之艰难与零落,死之无奈与感怀,在朱零的笔下如此密集地展开,似乎除此之外,很少再有其他能真正打动他兴致的东西。近距离地凑上去看一个人如何一点点死掉的,或者,将自我彻底撕开看自己在怎样生活,在某种程度上,它们其实是一回事情,但作为写作者,他必须保持高度清醒,注意力也必须极为专注,不然你字里行间不是一把鼻涕就是一把眼泪了。正是因为这样的警醒和控制力,我们在朱零的诗歌中才可以读到了安静而空旷的大地,热烈又孤单的人世……从这个角度来看,朱零是一位特别较真的写作者,他始终在用一些客观、冷峻的词汇塑造着他个人的情感世界,这世界原本一团乱麻,但在经由他仔细梳理后变得有条不紊了,该死的去死,该活的继续活。

而在现实世界里,朱零给我的却是另外一番印象,我称之为"不喝酒就不说话的人",仿佛只有在酒后他才愿意谈一谈,他在这个人世间的另一番"奇遇"——也许正是那些不可思议的东西,才有可能构成了他对人世的终极看法,惊悚,古怪,令人唏嘘不已。

致普拉达[*]

"什么是生活?身在梦乡而没有睡觉,
什么是死亡?已经入睡又失去梦乡。"

亲爱的普拉达
人世间的生死
你用这短短的两句话
就做了总结

如今,你已经入睡多年
早已失去了梦乡
而今夜,我迟迟不敢入睡
我渴望梦乡,但我更怕
过早地失去

---

[*] 普拉达(1848—1918),秘鲁诗人。

洗 羊

水库的坝基一角,四个牧羊人
围住八十多只羊
一只一只地把它们赶进水里
洗澡
这些绵羊,像新生的婴儿
乖巧,听话
牧羊人此刻都成了牧师
洗澡变成了洗礼

它们在坝基围成一团
看上去多么脏
而从水里上来的
转眼间就像换了一件
新衣裳

岸上停了三辆农用车
洗完澡的羊
被一只只地赶了上去
有的兴奋,有几只
显得惴惴不安
它们互相拥挤
轻声呼唤、问候

有一只小羊的母亲
在另一辆车上
它大声地叫"妈妈,妈妈"
没有人能听见,它的妈妈
也听不见

不久之后
车子发动了起来
车厢里一片沉默
谁也猜不透远方、未来和命运

目的地只有牧羊人知道
作为旁观者
其实我也能猜到
我的脑海里迅速飘过几个地名
波兰、奥斯维辛、东帝汶、马尼拉、卢旺达
……以及
南京

是的
南京

影 子

小鸟有自己的影子
高高举起的屠刀
有自己的影子,草原上飞奔的骏马
有自己的影子
肉身有自己的影子
疼痛没有影子
灵魂没有影子
菩萨没有影子
一个人离开另一个人
中间隔着两个影子

逃生的路上
有匆忙而凌乱的影子
废弃的家园
有昔日主人的影子
电闪雷鸣中
有世界末日的影子
绞刑架下,有一具长长的
偃旗息鼓了的影子

一万个诗人中
只有一个能留下

自己的影子
一万个航班里
只有 MH370
没有留下影子

我居住的黑桥村
有自己的影子
豆各庄乡
有自己的影子
朝阳区,有自己的影子
北京市,有自己的影子
北京市的西边,有高高的烟囱
那是晨光下的八宝山
投在大地上
最惊心动魄的
影子

望甘肃

天山戴白帽
像年轻的顾城

祁连山的身子斜过了阳关
像顾城的另一半

两个身子依偎在一起
山峦起伏

骆驼和羊群
在山峦间游吟
有几匹马儿打着响鼻
像唱花儿的王四哥
突然冒出的高音

从新疆回望甘肃
河西走廊上
布满了喇嘛　游魂　民间歌手
以及一两只奈何桥边的
秃鹰

在甘肃

戴白帽的不全是顾城
河西走廊上除了酒鬼
偶尔
还有似行脚僧般的汉人
他们翻山越岭
面对汹涌而来的戈壁
肃立无语

从新疆回望甘肃
天山戴白帽
阳关和玉门关
空无一人

雨中过普坪村,看见大出殡

远远地看见一队人马
举白幡,穿孝衣
在细雨中缓步前行
离村子越来越远
离不远处的殡仪馆
越来越近

能在细雨中出殡的人
都是幸运的
一场洋洋洒洒的小雨
洗尽了他蒙尘的一生
也洗去了黄泉路上的
污泥与阴郁

有人就要回归大地了
他将拥有自己的墓穴
(另一些人即使穷尽一生的光阴
死后也得不到哪怕三尺的
安居之地)
肉体重回大地的子宫
魂灵绕村三匝,最后
栖息在一堆祖宗的牌位旁

并最终成为家族的
牌位之一

那些踏上黄泉路的人
只有少数几个
能赶在细雨中下葬
我路过普坪村的时候
恰逢小雨
我缓慢地跟在这一队
送葬的人群后面
像他们的亲人一样
脸色凝重

走 廊

医院的抢救室里
护士看着自己的病人
一点点死去,是的
一点点
如果生命可以用心电图来显示
显示屏上
十万大山般起伏雄壮的波段
一点点,一点点平缓下来
像从高原来到丘陵
像从丘陵来到平原
像从平原来到海平面,心电图
被渐渐拉直,拉平
病人在一点点地死
护士看着自己的病人
一点点,一点点地死去
却毫无办法,束手无策
眼睁睁地,欲哭无泪
她见过太多的病人
在自己眼前死去
眼泪早已流干

此刻,病人的家属还在

走廊里

他们尚不知情

眼里噙着泪水,那是希望的泪水

在祈祷,在祈求

当那条曲折如山峰的图示

渐渐平息之后

护士出现在他们面前

如同看见了乡愁

看着眼前这些陌生的面孔

仿佛来自故乡

仿佛有某种情感,把她

与他们——同为人类啊

连接在一起

她默默地拥抱他们中的每一个人

泪水突然间奔涌出来,像溃坝、决堤

她再也克制不住自己,也不再克制

她的痛哭,像领唱者的开场白

走廊里突然安静了下来

不一会儿

合唱声响起,

然后是女声部,高音

然后是男声部,低音

悲恸,纵情

人世间的生离死别

唯有痛哭

唯有痛哭
唯有痛哭
才能一拍两散

苍老的过程我毫无知觉

不久前我觉得自己还是一个孩子
可如今我已足够苍老
仿佛一阵簌簌的风吹过
就带走了我的年纪和雄心
苍老的过程我毫无知觉
你抚摸着我的脸
对我说：
老头,认真看着我
不是别人,是我
接下来是我陪你一起老去
你没有陪我长大
但我要陪你慢慢变老

恍若梦境
确是实情,你
就在眼前
仍在抚摸我,深吻我

草丛中的玩具

在一次旅途中
我路过一座荒山
小心地避开荆棘、毒蛇和蚂蟥
不远处几根枯骨
吸引了我
我拄着棍杖前去探究
是某个人的尸骨
其中有一处
是手骨,形状完好
极易辨认
手骨边上,有一个毛绒玩具
被杂草和尘土覆盖着
我用棍子挑开那些杂草
试图察看究竟
当我的棍子碰到那只手时
似乎有一种无形的力量
拽住了它
双方僵持了有那么几秒钟
我心里一惊,难道
他还活着?
他为什么要阻挡我的棍子
当我把棍子拿开

不再撩拨那个玩具时
那股力量突然消失了
就像从没存在过
我急匆匆地离开
这个颇具隐秘的无人之地
但那只手
却时时出现在我的脑海里
还有那个玩具
它怎么会出现在一具骷髅旁边？
尤其是一付手骨附近？
难道骷髅也有着自己的玩具？或者
死者是一位少年
死去时
手里正好抓握着这个玩具
或者
死者太过于孤单
当他成为一具骷髅时
恳求老天爷
赐给他一个玩具？

或者，会否是上一个旅人
路过此处时
随手丢弃的这个玩具
被这堆枯骨收藏
从此整座荒山

都充满了欢乐
每当夜深时
每一声蛐蛐的鸣叫
都像是孩子的欢笑
从杂草深处
从尘土深处
从枯骨子里面
长吟复长啸
嬉笑怒骂
我们听不懂
听懂的
是另一些白骨
还有一些
被风带走，带远
再也无人听清

5月21日，年轻人都在表白，您却选择归去

这一天，热恋与失恋交替上演
表白与拒绝，喜悦与失望
这些情感上的起伏与波动
属于年轻人
有的人喜极而泣
相拥着许下诺言
有的人因沮丧，整日里
低垂着无精打采的头颅

这一天，也上演着生与死
医院里，产房在这一头
停尸房
在另一头
两头都传来哭泣声
这一头，是婴儿的第一声
啼哭
响亮，清脆，毫无顾忌
宣告着新生命的降临
那一头
是一群人在号啕大哭

我的表弟与表姐

哭得尤其伤心,涕泪四溅

他们根本顾不上擦

他们的泪还没有流干

他们的父亲,我的三舅

刚刚进了那个房间

是的,他是自己选择了归去

选择了这一天,如此的决绝

他谋划已久

这个一生都表现得懦弱之人

把唯一的一次果敢

留给了自己

这个被社会、家庭、病痛、教条

摆布折磨了一辈子的人

第一次,也是唯一一次

对生命使用了一票否决权

舅舅,愿您安息

爱你,想起小时候

您对我的疼爱、宠溺

称您为慈父

毫不为过,再一次

深深地爱您,并

朱零诗选　311

尊重您的选择

托梦给我,拥抱您

现在请允许我再叫您一声:舅舅,我爱您

我含着泪,泣就

星辰的谎言

每一颗星星都对应着
一句谎言
那漫天的星辰
得用多少谎言的堆积
才能把星空照亮

如果这世界
还有一句真话
我愿这满天星辰覆灭
我愿在暗无天日的世界跋涉
寻找说出真相的自己

再见,再不相见

我依恋之人,随北风
往南去了
就像抛弃我之人
随西风
往东走了

从今以后
我与这人世
两不相欠
你们属于四面八方
我只剩下自己
残缺的部分

黑夜里,我看见星辰在晃动

黑夜里,我看见星辰在晃动

不是因为风
是你在背后抱起我
晃啊晃
晃啊晃

朱庆和

朱庆和，1973年生于山东临沂，毕业于东南大学马克思主义哲学专业，诗人、小说家，江苏省作协签约作家，现居南京。发表诗作300余首，发表中短篇小说40多万字，著有小说集《山羊的胡子》、诗合集《我们柒》，曾获第三届紫金山文学奖、首届雨花文学奖、第六届后天文艺奖等。

有人高调写作，就有人低调写作，只是姿态上的差异，与作品的最终成色关系不大。朱庆和显然属于后一种情形，他内敛，羞涩，在我所接触过的此类诗人中，朱庆和是那种将情感全力朝内心挤压掘进，终至形成豁口喷发释放出来的诗人。因此他的诗始终带着某种先天性的缺省，如同并不规则的涌泉，呈散射状，带给我们恍兮惚兮之感，既如所见，又如未见。纯良的叙述口吻，娓娓道来的斑驳世景，常常让读者在真假之间来回彷徨。在朱庆和的写作中，情绪化的东西已经被彻底地过滤和清除了，剩下的只有静静流淌的情感，这样的情感无需激越，只需要绵绵不绝地涌现即可。

　　在当代诗界很少有人像朱庆和这般执迷于"家园意识"的书写，父亲、母亲、妻子、女儿，以及一群面孔模糊的未亡人，影影绰绰的村舍，若隐若现的集市……由忆念构成的现实图景推动着诗人一次次回到他们中间，担当起已有的角色和应尽的义务。在见惯了自我膨胀恣意汪洋的写作之后，再读这种充满操守的作品，于我而言总是一种提醒。我私下揣测，朱庆和可能是想用唤醒这些词语的方式，最终激活他所渴望的那种亲情和伦理。

苜 蓿

没有比苜蓿更好的食物了
可我却不舍得割下它们
那些鱼吃得更多的是青草
所以我经常带着镰刀去麦地里
我的身体在热气中一起一伏

村里的人们却总是怀疑
我偷了他们的麦子
他们觉得我是一个自私且狭隘的人
我还知道他们背后叫我老光棍
大概他们忘记了我也曾有过老婆

其实我对世事已淡漠许多
不在乎他们说什么了
就像孩童必然天真
老人必然慈祥

面对一天天翠绿的苜蓿
我只想选择一个晴好的天气
把它们撒在水面上
让水里的孩子们来分食

想必那定是一顿丰盛的美餐

清晨之歌

父亲刚从花生地里回来
给山羊挤奶的母亲
转过身,看见了

父亲湿漉漉的裤角
瞧,怀里的青草是山羊
最好的早餐

上完早读课的孩子们
围在饭桌旁
等待着母亲的新花样

谁都听得见
父母谈话的声音
他们在担心花生的收成

"如果地里蚜虫多,
那就糟了。"
父亲站在院子中间,对母亲说

新鲜的羊奶要给
最小的孩子喝

其他人的早餐却没有山羊幸运

父亲该去工厂上班了
母亲要接着把草拔完
孩子们则穿过整片花生地

去学校,他们沿着田埂走
成一条直线
阳光照在他们干瘦的脸上

下雪那天，我们干了些什么

我们先是在雪地上奔跑
为了追赶一只野兔
到了湖边
野兔却突然不见了
黑色的湖面
白色的雪地
身后是我们凌乱的脚印
也许野兔逃到了湖里
也许它成了一条鱼
后来我们在一间茅屋里烤火
大家围成一圈
聊了很多的事情
火苗映红了我们的脸
不知是谁说了声
"自卑不是天生的……"
我们一直在添着柴火
可谁也没出去看看
外面的雪下得有多厚

下 山

我喜欢一个人爬山
后山上
昨夜的雨化为山泉
蚯蚓一样
脚下的枯叶
犹如往事
被踩得滋滋响
下山的时候
有几个村民拦住我
看有没有
偷山上的竹笋
我身上空无一物
他们不知道
我就是山中的竹子
已悠然下山去

父亲扛着梯子从集市上穿过

扛着梯子的父亲
要穿过集市
中山装敞开着
小腿肚子上的毛沾着泥巴
熟人见了打声招呼
并热情地把烟夹到他耳朵上
准备出粪用的铁锨
挂在梯子的后面
刚买的地瓜苗挂在前面
今天要下到地里
肩膀上的梯子是要苫屋用的
夏天母亲将不会再抱怨
人越来越多
父亲扛着梯子艰难地行进
引起了人们的不满
有人提议父亲把梯子竖起来
顺便爬上去
看看天上的风景
而有人则叫他把梯子举过头顶
让火车在上面飞跑
他们嘲笑着父亲
小偷却趁机偷走了铁锨头

接着又顺跑了地瓜苗
甚至还替父亲把梯子扛着
顺手取下他耳朵上的烟自己点上了
一动不动的父亲
扛着一架虚无的梯子
像电影胶片一样
定格在拥挤的人流中

春 光

从屋里出来,我
常常到田间去
前妻曾叫我娶一个乡下老婆
朴实的健壮的
可少女们都去了外乡
我只好跟动物玩耍
几个农民正用粪汤浇菜
我看不到他们的苦
就像他们看不到我的苦一样
我们谈论着天气和收成
春光中飘荡着
谦和的臭

我的家乡盛产钻石

有人看见我姐姐,
拿钻石玩石子游戏。
姐姐告诉他们,
山上多的是。
在山上,他们
果真看到了
闪闪发光的钻石。
他们弯腰捡走,可一到家,
却发现那不过是些普通的石块。
所以说,在我的家乡,
那么多的钻石,
基本上没什么用处。

乡 村

雨后的村庄显得更轻也更温良
通向田间的小径同时通向了天堂
一家人从屋檐底下走出来
孩子们就像父亲手中的稻穗
稻粒上的雨水不时滴到了他身上
地上的蚂蚁比雨前更为忙碌
父亲对孩子们说了些什么
它们不去关心,这不是它们的事情
黑骑士们只是一边奔走
一边唱着古老的谣曲
"人间的收成一半属于勤劳,
一半属于爱情。"
村里漂亮的蝴蝶已经穿着裙子
在田间飞来又飞去
河里的鱼群也都跳上了岸边
它们更喜欢岸上的生活
可父亲还在那里固执地说下去
"我什么也不能留给你们,
也无法留给你们。"
不走运的父亲就这样一直鞭打着
用话语一直鞭打着他的孩子

人们看见古怪的一家人朝稻田里走
通向田间的小径同时通向了天堂
雨后的村庄显得更轻也更温良

草 坪

杂草不应原谅
连同它们疯狂的本性
一起拔除
但杂草不区别于
农田或树林
杂草仅仅
区别于一块草坪
分辨草与草
之间的毒害
然后连根拔除
让草坪更像草坪
更适于观赏

忧伤不值半文钱

我走了很远的路
从残破的城门穿过
在一个富贵人家
兜售我的经历和见闻
主人的女儿
坐在树下喂猫
身边的丫鬟是我妹妹
她已不认识我
夜晚我睡在城外的草垛里
怀抱星空

再见,我的小板凳

惜惜学会了说"再见"
跟兔子玩完
说一声"兔兔,再见"

路过游乐场
她曾在那里玩耍
说一声"摩尔,再见"

吃过晚饭,抹抹嘴
她说"小板凳,再见"
临睡前,她也会

跟夜晚说再见
然后返回她的星球
第二天早上回来

通往坟地的路

漆黑的夜色
引领着你
路上的荒草
被你劈开
又是那酗酒的丈夫
和一堆饿疯了的孩子
把你压垮了
你的哭声
惹得树上的知了很不耐烦
"坟里是空的,
你爹娘不在里面,
就像今晚的月亮没出来,
照亮它所眷顾的人。"
稻田里的青蛙
也应和着
"没有穷苦的人,
只有穷苦的心。"

橘树的荣耀

不知不觉
我们已来到一片坡地上
这是你家的橘树地
虽然看不到橘树
却仍然感觉到累累的果实
垂挂于心
谈话仍继续并在橘树间闪烁
比如这橘树
只有长出果子来
才让人放心
这是它的荣耀
顺手摘了一个橘子
在手里凉凉的
你怎么知道果实里没有愤怒
剥开来,橘子的清香
在黑暗中弥漫
当然有,但最终会消隐
颓败的结局谁也不能避免
就像眼前的夜
你我都要消失其中
但现在可以当作一杯酒
让我们慢慢啜饮

桂花树

有一年,我在
一个叫武学园的地方住下来
院子里有棵桂花树
妻子说,等到秋天桂花就开了

每天下午我去幼儿园接孩子
然后等妻子下班
晚饭后在附近走一走
秋天没到,我们却搬离了那地方

至今,桂花树的香气
还一直在我脑子里

一块麦地,一片鱼塘

我拥有一块麦地,一片鱼塘
我是那样地忠实于劳动
但生长的季节
总有我所不了解的秘密
麦子和鱼群
它们的成长让我心有余悸
一场暴风雨似乎在期待中而来
代替我割倒成熟的麦子
田鼠们逃到了高地上叹息
拿什么来维持生计
随之而来的洪水捕获了快乐的鱼群
偷鱼贼们也站在岸边伤心
拿什么来维持生计
我的新娘呢
就连我的新娘也被从田间劫掠而去
大地已清扫得干干净净
只有富饶的阳光在安慰我
飘浮的云块就是我那被卷走的麦地
夜晚的星星就是我那散落的鱼群
它们,连同我的新娘
已成为天上的子民

一 天

从井台挑水回家
两个圆圆的水面,一前一后
里面的晨光微微晃动

一天三顿饭是不能少的
孩子们正是长身体的时候
营养不够,就用分量来补足

田里的草长得更快
前两天才拔过,又冒出来了
随时要把穷日子吞没

三里外的树林里
有父母的坟地
年少离家的哥哥仍下落不明

午后的菜园安静如常
紫脸的茄子始终不说话,摘下它
都一声不吭

灯下,孩子们写作业
满是泡沫的手从洗衣盆里抽出来

把灯芯挑亮一些

鸡鸭上宿了，一个都不少
晾衣绳上的滴水声在夜色中
渐至于无

醒来已是半夜，身边是醉酒的丈夫
去孩子的房间
把踢掉的被子重新盖上

直到这时你才看到自己
日渐磨损的心
母亲过来，为你轻轻擦洗

田　园

我的田园是这般荒凉
雾霭上升于地面
逡巡在田园的周围
像厮守恋人那样
我站在田园上

我的田园必归之于
群山，或下陷为一段河床
我安然伫立
如一位轻薄女子
受孕在秋日的午后

灯 灯

灯灯,20世纪70年代生于江西,现居杭州。曾获《诗选刊》2006年度中国先锋诗歌奖、第二届中国红高粱诗歌奖、第21届柔刚诗歌奖新人奖,参加诗刊社第28届青春诗会。2017年获诗探索·人天华文青年诗人奖,并被遴选为2018—2019年度首都师范大学驻校诗人。出版个人诗集《我说嗯》《余音》。

灯灯的诗歌里面时常透露出一股飒爽之气，干练，果决，如涌浪扑向巉岩。短句子的普遍运用，刻意为之的分行，都让她的语速显得明快而紧凑。如果诗界真有刻意为之的诗人和顺其自然的诗人之分，那么，灯灯无疑属于前者。她似乎是在竭力回避某些原本可以手到擒来的东西，譬如说她对亲情深刻而独特的感受力，转而求助于另外那些并不一定能够把握得住的事物，而这些事物所具有的不确定性似乎更让她着迷。在阅读她前后期作品的过程中，我感觉现在灯灯的写作陷入在了一种奇异的矛盾体内，一方面她想强化自己的语言风格，让自己的感受力保持新鲜感，另一方面她又要借助不断的情感挣脱过程来获取写作的快感。也许正是这样的矛盾才能让她走上和解之途，也许这就是诗歌存在的本义：始于语言的刺激，获得精神上的激励。

而从更广泛的女性诗歌写作背景上来看，灯灯的写作已然呈现出了另外一番气象，她不再拘囿于司空见惯的日常琐事和个人哀怨，而以开阔明朗的自然为凭依，在寻求与外在事物的对话途径中获得内心的安宁，尽管目前看上去有些作品仍显得拘谨，但明确的方向感足以给予她绝处逢生的勇气和力量。

我的男人

黄昏了,我的男人带着桉树的气息回来。
黄昏,雨水在窗前透亮
我的男人,一片桉树叶一样找到家门。

一年之中,有三分之一的时光
我的男人,在家中度过
他回来只做三件事——

把我变成他的妻子,母亲和女儿。

手指在散步

星辰在屋檐上散步。我的手指
在你的五官上散步。
雏菊的香气,从小巷的深处
来到窗户
我的手指在你的鼻梁上散步,它已
成长为高山,内部
无数树木在生长,它们和夜晚一样黑
一样黑的它们,长不大也在生长
不见阳光,不见阳光也在生长
我的手指在你的唇上散步,很久了
它失却了它的语言
飞不出去的鸟,在你的喉咙里扑打冬天
我的手指来到你的心口:
这里,刚刚熄灭一座火山。

外省亲戚

他敲门的声音,像一树炸开的石榴
风声扑面而来,年轻的,带着乡间的泥土味。
一个硕大的白色编织袋,开始在他的肩上,现在
它站在地板上,里面装满了花生,和那些
来不及褪泥的土豆
在夏天的客厅里,空调在响
他一直站着,一直冒汗
他的手不知道往哪儿放

他叫我小婶子
他让我红着脸,想起了我的身份。

春天里

河流似离弦。草木如归箭。
一正一反
消融了去冬之雪。

二月,荒野不荒。
小桥在村口,识得故人。
野花开,野花不乱,野花一直
把我们领到墓碑前

父亲在地底。
二月。
他不说话。他很久无人说话,已经不会
说人间的话

他看着我们
想起什么,就冒一冒青烟。

拥 抱

我的母亲从不知道拥抱为何物
她没有教过我
和最亲的人张开双臂,说柔软的话
她只告诉我
要抬头,在人前,在人世……
她说,难过的时候,就望望天空
天空里什么都有——
到了晚年,我的母亲开始学习拥抱疾病,孤单,和老去的
　时光
开始
拥抱她的小孙子——
有一次我回去,看见她戴上老花镜
低头翻找她的药片——
那时,天边两朵云,一朵和另一朵
一朵将另一朵
拥入怀中
仿佛这么多年,我和母亲
相互欠下的拥抱。

春 天

栾树用褐色之心,守着一湖寂静。
鹇鹈划出的波纹,圈住
垂钓人的一日,圈住飞鸟颠簸之苦……

春天,有人出生。
有人离世。
无限的时辰,寂静在最高处:

水如众僧端坐。
水如众生匍匐。

大孤山

不可看空,在大孤山,云朵是向下生长的
海和天之间,白云换成黑布,一场雨要下
就下个半生
石头是向内生长的,多半部分探进了泥土
在残留的幻想里,无用且安全
不可看空,在大孤山,你是向心路生长的
自己是自己的复数,云朵是你的,石头是你的
苍茫是你的

在大孤山,鸡叫了三遍……
落日用金黄的手,为一枚松针加冕

小 鱼

岩石撞击溪流,溪流不死。
昏厥的小鱼
在第二次昏厥中,又长了一寸。
我目睹山崖上的山花、蚁虫、蟾蜍
一个接一个跳下来
我目睹蝴蝶挣脱救援的手
跳下来
这些走投无路的生灵,我怀疑它们
也藏有一张人脸,也有一颗
愤怒的心,也把比死更难的活路
留给人间:

——溪流不死,小鱼在昏厥中
又长了一寸。

石 头

石头不会说话,一说话
就领到崭新的命运:或滚落,或裂开
挖土机开到山前
采石场彻夜不眠
这一辈子,我和无数石头相遇
看见过它们的无言,以及无言的复制
这么多石头,那么多石头
分成很多块,一样奔波,一样无言
一样在无言中
寻求归宿
很难说,我是哪一块石头
这么多年,我在外省辗转
我看见最明亮的石头
是月亮
我看见月亮下面,山岗,河流,房舍
各在其位
各司其职
是的,是这样
就是你想的这样:
碑石寂静,而牛眼深情……

浪 花

每一天都有浪花冲上悬崖,带着
赴死的决心,要和落日论一论
时光的血性,也要和岩石
较量生的意义,每一天都有白云
降下白旗,那么多浪花
死在赴死的路上,那么多
浪花,还原成大海里的一滴水,再不可能
成为浪花的
一滴水

一个人看见浪花在体内
千军万马
冲上天空,一个人看见浪花冲上天空

——在大海面前,和大海一样:保持了平静。

玉渊潭

天寒,万物退让其身。要给
寒冷让路,也要给
清晰让路
残荷把倒影留在水面,鸊鹈把头
埋于水中,它们都是
我在人间的知己,潭水深不可测
我看见的,你必将
也会看见
和我相遇的,均是馈赠,包括这
一走动,就会惊飞的
麻雀,包括它
在觅食中,小小的战栗

——是啊,包括,也包括的

银杏树下
少年的笛声清新,落日盛大
盛大的落日

和落叶的光芒连成一片:我和所有,均是重逢。

哀牢山下的石头

猛兽出山，倦鸟归来。
为了同时拥有这两种身份，我请草木让道
请夕阳更美些，更壮烈些
以至于更像一个笼子——
一个和自己对峙多年的人
不忍说出黄昏的秘密，不忍说出
哀牢山上，石头滚落，为什么还拼命红？
这些丢失四肢的石头，血性的石头
在山下
它们睁着血红的眼睛
望着整个哀牢山
一片肃静——
风又一次吻过碑文的额头。

红 河

它高烧不愈。嘴里含着泥沙。
它没有说出的话
使我的琴弦颤动,野花喊住
前倾的悬崖。
有人过河
有人经过隧道
夕阳已经够红了
河水已经够红了,满山的枫叶
也发疯地红——
暮色苍茫啊
这暮色:
果子尚未熟透,繁星尚未露出针孔。

亲 人

海上无明月,星星也去照耀
其他省份。
欲睡不睡的栅栏,披上了你的外衣。
我们坐下来,看见大海茫茫,船只颠簸
鸟衔着种子在飞,落下大的
叫岛屿
落下小的叫森林
还有两颗,不知道为什么
停止了生长,也不知道为了什么
发不出声音
在北风中,像我们一样
挨着:没有血缘,却胜似亲人

余 音

乐曲离开它的乐器。余音里有溪流
有险峻。溪流清澈
悬崖陡峭,迎客松上的落日,鸡蛋一样
揣在谁的怀里
一个人要在天黑前卸下容颜,一个人
要在余音里,完成未竟之事——
再爱一次,痛一次
颤动一次
一个人要在余音里
向低音致敬,带着苍茫上路的人,听见了
余音未了
多么悲伤:乐曲离开它的乐器。

像 爱

雨水相知,从伞上跃起的一瞬
需要多大的力
风可以忽略不计,两粒雨水隔着茫茫夜色
落在相知的伞上
需要多大力,拥抱需要多大力
整整一个夜晚
我看见雨水从空中落下,跃起
所有的事物都在哭泣,只有雨不会了
像爱——
未曾过去
也不会重来。

布拉格此时下雪

布拉格此时下雪,作为回应
雨落在江南。
年轻的树木学会落叶,在我的仰望里
寒冷是一个高度,温暖是
另一个高度
樱桃来到小女儿的唇上,她舒展的
树枝,在梦中
弯曲,甜美。我因长久的啜泣
对事物,有了冬天的耐心
方糖融化在咖啡里
我想起你
布拉格此时在下雪。

黄 昏

躺在山坡上,看一朵云逝去
又一朵云飘来。恍惚间,像一个个我
在归来,在消散
那么多个我,汇聚成今天的我,风吹衣袂
心不动——
山下,银杏、水杉、香樟
相约着落叶,它们比我更懂得放弃,枝丫伸进天空
不是索取,也不是
指责,更不是别的什么——
此时的黄昏多么寂静
落叶多么寂静
我偶尔会起身,走在夕光迤逦的寂静里……
成为一种声响

巫昂

巫昂,诗人,小说家,1998年开始写诗,出版有诗集《干脆,我来说》《生活不会限速》《通往阳光密布的所在》《我不想大张旗鼓地进入你的生命之中》。现居北京。

巫昂属于那种掌握了某种娴熟的写作技法的人,但她的这种技法又有别于所谓"学院派"的机械与教条,而是从大量的经典作品中抽象出来的某种文学程式,均匀,平衡感极强,骨架肌理相得益彰。这种写作在当代中国文坛,尤其是在充斥着才华写作或运气写作的当代诗坛,非常少见。训练有素的技艺,以及独特的个人精神的觉醒意识,当这两股力量逐渐合而为一时,我们就能清晰地看见,巫昂越来越鲜明的个体存在价值:她是那类为数不多的真正具有了充足的文学储备的长跑型写作者,而且我们可以预见,她的写作将随着生活阅历与生命体验的拓展与深入而不断引人注目。

早期的巫昂尽管也脱胎于"下半身"阵营,也充满了杀伐之气,但她作品中的力量并不以粗鄙、莽撞来获取,她的"冒犯"更着眼于精神上的特立独行,旁观与对峙,尽管她也写性,写肉体的欲望,但我们从中读到的却是诗人对现实世界的揶揄与嘲讽,是一位孤绝的女性在男权世界里的桀骜不驯。我曾在一篇短文中写道:"作为一位对性别意识非常敏感的诗人,巫昂其实早已洞悉了自己的命运,也早就意识到了'更强硬'之必要。磨损,击打,受伤害,巫昂用一种血肉模糊的写作见证了自我的成长,像一个不断地往自己的伤口上撒盐的人,从前没有愈合的再也没有愈合之必要,而那些早已愈合了的则如纹身一般妖娆……"当她最终选择了对自我命运的接受时,我们看到了一位日常生活的承受者,一个选择把刺埋进肉里的人,在看似光亮的肌理之下,疼痛将一直把她伴随。

凡是我所爱的人

凡是我所爱的人
都有一双食草动物一样的眼睛
他注视我
就像注视一棵不听话的草

云鹏在唱一首忧伤的歌

我们离开那间租来的房子
把灯拉灭
只剩云鹏在屋里安坐
天已经黑了
我听到
云鹏在唱一首忧伤的歌

这是夏天的最后一个黄昏
河水已经凉了
河边的水草也已结婚生子
一片冰凉中
生活着一个热闹的家庭

而我们的家已经荡然无存
我们的家和稻谷
混杂在一起
在田野深处静静生长

回忆录的片断(四)

我想写一本书
叫做
《巫昂——被伤害的历史》

二岁
在医院里输液
一个护士找不到我的血管
在我手上打了一下
四岁
做梦看到桌子上摆了一把红雨伞
醒来却一无所有
七岁
上学途中遇到一条蛇
它没咬我
我放声大哭
十一岁
在和一个人谈恋爱
他后来成为长途货车司机
从此把我放弃
十七岁
想上一所离家近的大学

没有成功

成了个假男人

二十二岁

看到一个人

眼睛长得像食草动物

他娶别人为妻

二十四岁

筹备自己的婚礼

没有丈夫

被迫在网上贴出征婚启示

二十六岁

成为可耻的第三者

二十八岁

脚下的楼梯有些松动

被夹了一个脚趾头

送到附近的精神病院

三十一岁

没有理由再拖下去

我在附近的郊区医院做了一次人流

出血无数

三十五岁

出版自己的第一本黄色小说

卖了一点钱

变成很有名的女人

三十八岁

坚持己见

被单位领导强行开除

四十六岁

和亲生女儿吵架

她的例假不正常

四十九岁

加入一个丧偶俱乐部

被分在低龄组

五十五岁

没有零钱买袋装牛奶

只好咬开包装膜

掉了一颗牙

五十八岁

在公园门口看门票价格

被一个小青年挤掉钱包

六十三岁

没有打算退休

在染头发的时候

被同事撞上

六十七岁

左边瘫痪,右边又不管用

眼睛出现翳影

七十五岁

孙子在门前摔了一跤
和媳妇反目成仇
八十八岁
在一夜无眠后
终于下定决心

自画像(二)

在西安一个旅馆里
我抱着每晚二百三十元的枕头
放声痛哭
我明白,唯有这样的晚上
我是昂贵的,也是幼稚的
我是肥大的,也是易碎的

我最亲爱的

我希望有人给我写封信
开头是:我最亲爱的
哪怕后边是一片空白
那也是我最亲爱的
空白

干脆，我来说

干脆，我来说
那些草已经长不动了
它们得割
割到根部，但一息尚存
没有割草机我使用剪刀
哪怕它钝到不行
但哪次不是疼
教会了我们
大声叫喊
刀刃上的铁锈
每每胜过创口贴

犹太人

他们没有土地
除了从不安稳的以色列
他们没有建筑物除了哭墙
他们没有声音除了嘶喊
他们没有笑容除非弥撒亚提早来临
他们没有国籍除了别人给的护照
他们没有家除了妻子和孩子
他们没有的,都在自己身上
每个人分担二十六秒的犹太历史

他们本该有 20 亿
屠杀成 1300 万
他们要尽量多地生儿育女
以备不时之虚
由于祖上时常被害
儿孙们格外聪明
智商测试都会感到害羞

他们是这些东西的妈
芭比娃娃、自由女神还有超人
他们也是这些东西的爸
嚎叫、二十二条军规以及星球大战

他们很狼狈也很有钱
他们不受待见但非常强悍

总有一天
他们的服务器
会比头顶上那点星空宽阔
无法 GOOGLE
他们会比雨人还会算火柴棍儿
比最穷的穷人还会躲避殴打
他们是所有房子里，永远的房客
自备牙刷和睡衣
最大号的家具
竟是手提箱

他们在十岁左右
就学会了奥斯威辛生存术
从下水道抠出面包渣
和泥吞下
学会在黑色的硬壳纸下面过夜
神经兮兮地打个小盹儿
醒来爬到钢琴前
挣扎着做完最后的乐章

他们不允许没干完活儿
就吃饭，或辞世

寒 流

我只想做一个好女人、好妻子、好妈妈
但寒流逼死海鸥
我只想努力做饭不愿明辨是非
但寒流逼死海鸥

火 车

首先要去坐火车
坐在高高的车厢上
北京的雾气,上海的雾气
那些不安全的小县城
你一定以为我在逃命
一个日渐衰老的通缉犯
生活用烟草、酒精和失败
画一幅潦草的犯罪速写
首先要去坐火车
火车上有左开门的厕所
厕所里有通风口
可以整夜蹲在那里
张嘴呼吸
这是最后最好的抵死不从

写给朋友的信只需要一行

写给朋友的信只需要一行
看鸽子,只需要抬头
谁的衣服落在我这里
开春后请拿回去
人不要来
来封信就好

好时光

一只裸体的羊
在没有一根草的荒野中行走
日光照亮了它
灰尘包裹了它
它不知道前面有没有水
最绝望的那些天
让一只羊消瘦
吃不到东西
见不到活物
甚至没有虎狼
假设好时光深藏其间
午夜你可以在月光下嚎叫啊羊

树枝特有的修养让我们终于沉默

在山里,他租了四亩地
五十年的租期
用来种金线莲和兰花

在香蕉林的包围中
我们听着水壶滚水
每个人都超过四十岁
水流和缓且睡眠短浅
有价值的时间基本过完了

金线莲乏善可陈
兰花还没有花苞
植物特有的修养让它们长久沉默
我们说着完全可以不说的话
盯着水鸭的身子

这样日复一日也并无不可
不需要悔恨
也不用寻找上帝
只是树枝匍匐入地
树枝特有的修养让我们终于沉默

苋 菜

我们又一起,其实是分头
吞下了苋菜的梗、苋菜的叶
苋菜教会我们把鲜艳融化在汤里

创作不应该受限制

创作不应该受限制
去掉那些刺或枝蔓
爱也不应该受限制
这让你有十分的把握
爱一个残疾人
爱一个死于1791年的男性
爱他黄色的眼睛和麻木的手指
他就像爱月亮
那永恒、黄色而麻木的天体
静静地悬挂在眼前
他跟它
没有任何相似之处

楼 顶

我在楼顶给你打电话
那里才有信号
我们聊一聊昨天彼此都做了什么
独自做了什么
和别人一起做了什么
这是恒星的节奏
恒星死亡后有三种归宿
变成白矮星,中子星和黑洞
我们正身处一个无名黑洞
它吸收了一切
包括光线,时间飞逝
和浅薄的悲伤

体会你不存在

体会你不存在
体会思念的分量
体会我以人类史上最不可能的姿势
拥抱你,那些永别的幻觉
欢聚的幻想
体会我们依旧以每天一分钟的速度
侵入彼此的皮肤、骨骼和血液
体会不能忘却和不可靠近
愿行星移动到更好的位置上
你从山坡上走下来
上帝给了我一只可以永远紧贴胸口的怀表

玉上川

你邀请我一起去死
并不知我早有此意
我想让你成为
这次生命中
我最后一个见到的人
我偷偷看着你
盼着你早我一分钟咽气
这样,我便可以安然离世
带着残破不堪的心脏

孩 子

我没有孩子
你们就是我的孩子
从十九岁到五十五岁
每一个都视若己出
德兰修女教会我为穷人擦拭身体
我的穷人
是精神上的,我的身体
是精神上的

告别仪式

有时候,为了不和朋友们说再见
我陪着他们又走了一段路
挑最难走的路走
又再吃一顿饭,要了许多菜
米饭数着吃
甚至一起上次厕所
隐约听到他们在隔壁嘘嘘簌簌小便的声音
末了,还互相喊
喂,你好了吗
外边大路车流滚滚
每个路人脸上都挂着一滴泪
唯恐伸手推门即是永别

暮 年

水草长成芦苇的速度
一定比以往慢很多
你走路的速度一定
像被处以缓期徒刑的罪犯
我们在地球
某个位置上重合的可能性
逐渐地近乎零
你好,朋友
我们后会有期

余幼幼 余幼幼,1990年12月22日生于四川,现居成都。2004年开始诗歌创作,出版诗集《7年》《我为诱饵》。作品被翻译为英语、俄语、法语、日语、瑞典语等。

我最初留意到余幼幼的写作大概是在十年前了,那时候她应该还在大学念书,涉世未深却生就了一副玉石俱焚的模样,挥舞着"幼女要革命"的大旗。作为网络时代造就出来的全新一代写作者,余幼幼的写作理所当然地带着网络时代的天然胎记,自由又自我,执拗又偏执,随意又刻意……这让她的写作从一开始就背离了"想清楚了再写"的文学传统,而是从矛盾丛生的地方下笔,在不停地纠结中努力捋顺着内心的杂芜。无论是煞有介事的叛逆,还是故作镇定的抗争,投射在余幼幼的书写中都透露出了一个非常重要的信息,即,生活不全是你们已经经历过的那种样子,因此我们有重生之必要。所以,在她的诗歌中,你很难读到事先期待的情感体验,她让你在一次又一次讶异过后,不得不承认,虽然生活大同小异,但生活的经验却迥乎不同,处理的方式也有云泥之别。

　　除却姿态上的凌厉和无羁外,余幼幼的诗在语言上也自带峥嵘,不疾不徐的语速,偶尔插进一个突兀的意象或词汇,构成了阅读上的停顿,这种延宕往往能造成诗意的紧张感和压迫感。但我相信,这应该是诗人无意识的书写行为,只与她的个人气质和处理精神状态的独特方式有关,否则,我们就不可能读到这样一位一以贯之的写作者,她在成长的过程中不断丢失,又坚定呵护的那些东西,将让她越来越明晰地呈现出自己的与众不同,尽管在余幼幼的心目中,诗歌可能只是她成就自我的方式之一,泯然于世也未尝不可,但造化的力量终究远大于人为的努力,没有人能够挣脱这沮丧又亢奋的宿命。

不喜欢

我不喜欢打湿衣裳
接下来理所当然打上肥皂泡
我不喜欢住在这般泡影里
接受一日三餐的归类
做梦都觉得神奇
我不喜欢穿针引线
密密麻麻地排列一些乌有
我不喜欢
在我没有同意之前
一个女人争着做了我的妈

我不喜欢擦拭厨具
满手洗洁剂，外加粗俗的老茧
男人不喜欢这样的女人
他们拨开外表去寻找内层的尤物
我不喜欢菜市场
不喜欢游荡在里面
用零钱都可以换取的臃肿体态

我不喜欢捶打她的背
不喜欢她叫疼
我不喜欢她拐走我最爱的男人

放在自己的床上
我不喜欢她的一举一动
都透出露骨的衰老
让我潜下心来研究每根细纹
潜下心来只做她的女儿

我是一个错乱的布局

简写的公路和
繁体的交通
在我的面前浮肿起来
我来不及闪躲
反抗牵引出的灵魂
从我的身体上碾过去
诸神会
保佑我不治身亡

死去的人赠送给我
再死一次的权力

骨 头

人体有 206 块骨头
是不是每一块都有名字
可以感受到它的存在
是不是每一块都潜入过
别人的梦境或身体

率领它们去闯荡
与命令它们折返的
是哪一块呢
悲伤的那一块
和高兴的那一块
相隔有多少距离呢
成为女人的那一块跟
成为母亲的那一块
是否是同一块呢

比起我们拥有相同的骨头
却不能拥抱的事实
我的疑问
还远远不够多

不要恐高

带着烟去阳台上跳楼
或带着跳楼
的念头
去阳台上抽烟

五楼并不高
死的时候只会在一楼
住再高
也不会害怕

实际上我活得很好
每天都要跟
住在一楼的人打招呼

二十五岁以后

我从一个陡坡向下滑
除了头发和声音
所有的器官都掉进
巨大的搅拌机

脚踩踏板
棉花糖一丝丝缠绕
遮住我的脸
脚趾拇之间带着甜味
雀斑被碾压成粉末撒在鼻梁

笑起来的时候
要把嘴角的弧度擦干净
茶水通过
笑的缝隙进入喉舌

弯腰就要成为一只小猫
生病时把部分昏迷
划给无关的人
吃饭且将碗当成人生的豁口
做一些打扫下巴的事
谈恋爱不能太紧张忘记对方是谁

晚上像一粒安定那样去睡觉

二十五岁以后
我把自己分解成许多块
每一块都涂上奶油和毒药
接下来我依赖运气和排列好的
死亡顺序去热爱自己

混 沌

我所想到的仅是一个失败的瓶子
装不完我的全部

我在冬天保留的听力
被一片落叶挡住
更多的枯树枝被静静地折断
呼吸漫上河岸,比河水还要沉重

我的想法简单,视线有点模糊
月亮和玻璃杯都看不透彻
像昨天和今天混在一起
不觉得丢掉过一条缝隙

戒 烟

食指和中指间夹着什么
什么也没夹着
我在做梦

梦里好像夹着
马路中央的双实线
我开着车
被交警拦下来

我不慌不忙地
掏出打火机
把双实线点燃了

人民中路二段

某些地名
要下大雨的时候
才看得清

水珠一点点将它放大
放大到任何人
都可以随意出入
观赏的时候
不需要用肉眼

水珠再一点点将它
反射出去
映在一块牌子上
出现：人民中路二段

我在这里把伞撑开
水珠就从伞顶滚落下来

老了一点

与前几年相比
我确实老了一点

老了一点
手伸进米缸或者裤裆
都不再发抖
前几年
还有些仪式感
对生活充满敬畏
对爱情抱有幻想

小心翼翼地希望
淘米水浸泡过的手
有世俗的光泽
碰过的男人
将成为我的丈夫

再过几年
也许会觉得现在
还很年轻
手不算粗糙
隐约有点妻子的模样

杀人不用枪

杀人不用枪
而是把太阳穴挖一个洞
里面埋上子弹
等待长出一把枪
留下撬动皮肤的痕迹
也不要把枪的秘密泄露出来

有人藏在对准枪的位置
和枪口保持着
随时可以接吻的距离
但是不要开枪
不能让亲吻跨越边界
不能让他们得逞
把危险变得那么过瘾
把死变得那么重要

磨 刀

磨好刀,去恋爱吧
找一个人从背面刺入
向他打招呼说明你的来意
在身体里磨刀
越磨越钝的
刀刃会向他证明
时间已经不多
不恋爱的人不配流血
不配和刀融为一体

恋爱吧,携手去磨刀
你和我一人捅对方一刀
没有人死亡
也没有人生还
磨好刀,把爱情都
留在刀刃上

最近几天

最近睡眠有点变形
弯曲度受到失眠的压迫
很晚才睡着
很早就醒了过来
时钟走得很慢也很模糊
指针被水晶梨的汁水涂抹过似的
看不到具体的时间
只闻到了甜味
之后把一个叫雍措的藏族姑娘
叫成了卓玛
再后来读了几首翻译诗
很不喜欢
于是我想自己来翻译点什么
把你翻译成火车
亲自送你到北方去
再把北方倒置过来翻译成南方吧
黄土对应水
蓝天对应阴云
不管词语的丢失
反正过完春天
你就会坐着相同的车
又回来

致命的神经

他在头顶安了避雷针
我们就认为多巴胺是足够的
且不会在暴雨的天气陷入抑郁
做一个有怪癖的人
我们就认为他是痴情的
和这样的人交朋友多好
雨天不打伞
还能一起愉快地玩耍
避雷针能保护我们
在生气的时候
既淋雨又保持着天真

失眠者

那一边是城市
近处是它的剩余物
废墟挂在钥匙扣上
开门时无门可开
墙上的灰灯光好几年没睡觉
闭上眼
药片化为羽毛
登仙时不用吹弹和告别
神秘感变轻往下掉
我没有了衣服,糖精挂上树丫
显得冬天特别黏腻而狡猾

那一边倾吞着脚下的方寸之地
直到无法立足
只有鼠尾草能在烟斗中生长
将渐冻的黑暗扩大到漫无边际
再收拢成一粒芝麻大小的痣
安静地躺于右胸下方
隆起的乳房即是一座坟墓
只有在那里
它才能代替我长久地睡去

旅　馆

宇宙尽头的旅馆
不知道洗不洗床单
酥麻的声音穿透灯光
投射在苍白的墙壁
一个人睡在
无数人做过爱的床上
仿佛他们身体的
热度还未消失

天花板忽高忽低
窗帘跳窜在房间内外
只有雨还迟迟未下

我是你

提着猪头肉来到你家门口
才想起十二月到了
我该进屋做这个月的主人
把肉悬挂起来
招待一个远道而来的人
他走了很久的路
才得以保住许多情感和糖分
他也提着一块
肥而不腻的五花肉来敲门
这是你家
开门的应该是你
但一瞬间的动容
让我变成你

再 见

我的四分之一个世纪
你向左边倾斜一点也好
变成最后一天也好
出生与消失重合了也好
没有雨水浇灌也好
与一场大雪错过也好
长了蛀牙也好
或是自生自灭也好
你好
然后是再见

下面的时间变得凹凸也好
与影子一样长也好
困在皱纹的迷宫中也好
爱上了一个很远的人也好
去掉了他的长度也好
请说一声再见
然后是
你好

回到夏天

怀揣一元硬币大小的惊慌
把自己卖给油炸豆腐
空气中充满故事性
栀子花睡过头
纯洁的事物都在减龄

我们回到九岁
把夏天带着离家出走
裤兜里装着池塘
池水导电把鱼逼上岸

桑葚的革命是落地投降
莲藕的尖叫
是有人踩到它的腰
小石子拼命跳跃
击中一群麻鸭的欢乐

一定还有别的事物
安静之时悄悄变成了人
站在风中
以相似的频率摆动

张二棍

张二棍,原名张常春,1982年生于山西代县,系山西某地质队职员。出版有诗集《旷野》《入林记》等,曾获《诗刊》年度青年诗人奖、华文青年诗人奖、《长江文艺》诗歌双年奖等。曾参加诗刊社第31届青春诗会。

张二棍的诗歌中弥漫着广袤的恩慈之光,处处善意,充满原宥和愧疚,这或许是他的作品广受读者喜爱的重要原因,以至于包括我在内的很多写作者,对他语言上的某些问题可以忽略不计了。这从侧面佐证着我们这个时代的写作的确需要反省。没有羞耻感,油腻和市侩大量充斥在我们诗坛,既缺乏对日常生活细致入微的观察、体验和介入的耐心与能力,又缺少对生命的敬畏。正是在这样一种嘈杂而浑浊的写作背景之下,张二棍的出现可以视为这几年中国诗界的一个亮点:他重新还原了我们写作的初心,尽管不时带着刻意的成分;又再度掘发出了诗歌能够激活世道人心的功用,尽管微弱却值得一试。

我曾在某篇短文中称张二棍长有"异人"的相貌,事实上,他的情态也与这个时代的绝大多数人格格不入,平和,克制,礼貌,甚至待人过于殷勤。他是那种真正把性情完全融入了诗歌文本中的写作者,非"悲悯"一词可以涵盖他的写作特征,应该是我在前面提到的那个词语:恩慈。唯有恩慈之光,才能让生长在北中国大地上的草木一岁一枯荣,才能让我们见识到神灵的朴素,以及所有生命的硬度或韧性。

圣 物

多年前,也是这样骤雨初歇的黄昏
我曾在草丛中,捡拾过一枚遗落的龙鳞
我记得,它闪烁着金光,神圣又迷人
它有锋利的边缘,奇异的花纹
我闻到了,它不可说的气息
我摩挲着它。从手指,一阵阵传来
直抵心头的那种战栗。我知道,我还不配
把它带回人间。甚至此时,我都不配向你们
述说,我曾捡拾过一枚怎样的圣物
我又怎样慎重地,将它放回草丛。我目睹
一队浩荡的蚂蚁,用最隆重的仪式
托举着这如梦之物,消失于刹那

无 题

白云俯侹。山溪有一副花旦用旧的嗓子
雉鸡穿着官服,从古画中走下来
它步履稳健,踩踏着松针上的薄霜
当它开口,背后的山林
就升起了一种叫"……"的事物
这种事物,正在形成
这种事物,尚未命名

黑夜了，我们还坐在铁路桥下

幸好桥上的那些星星
我真的摘不下来
幸好你也不舍得，我爬那么高
去冒险。我们坐在地上
你一边抛着小石头
一边抛着奇怪的问题
你六岁了，怕黑，怕远方
怕火车大声的轰鸣
怕我又一个人坐着火车
去了远方。你靠得我
那么近，让我觉得
你就是，我分出来的一小块儿
最骄傲的一小块儿
别人肯定不知道，你模仿着火车
鸣笛的时候，我内心已锃亮
而辽远。我已为你，铺好铁轨
我将用一生，等你通过

旷 野

五月的旷野。草木绿到
无所顾忌。飞鸟们在虚无处
放纵着翅膀。而我
一个怀揣口琴的异乡人
背着身。立在野花迷乱的山坳
暗暗地捂住,那一排焦急的琴孔
哦,一群告密者的嘴巴
我害怕。一丝丝风
漏过环扣的指间
我害怕,风随意触动某个音符
都会惊起一只灰兔的耳朵
我甚至害怕,当它无助地回过头来
却发现,我也有一双
红红的,值得怜悯的眼睛
是啊。假如它脱口喊出我的小名
我愿意,是它在荒凉中出没的
相拥而泣的亲人

林子大了,什么鸟都有

现在林子没了,什么鸟还有
早市上,一排排笼子
蹲在地上。鸟们
蹲在笼子里
卖弄似的,叫得欢
那人也蹲在地上
默不作声

这一幕,倒像是
鸟,在叫卖笼子
叫卖那人

我已经和这个世界格格不入了

哪怕一个人躺在床上
蒙着脸,也有奔波之苦

比如,安详

比如,"安详"
也可以用来形容
屋檐下,那两只
形影不离的麻雀
比如,"安详"
也可以用来形容
暮色中,矮檐下
两个老人弯下腰身
在他们,早年备好的一双
棺木上,又刷了一遍漆
老两口子一边刷漆
一边说笑。棺木被涂抹上
迷人的油彩。去年
或者前年,他们就刷过
那时候,他们也很安详
但棺材的颜色,显然
没有现在这么深
——呃,安详的色彩
也是一层、一层
加深的

静夜思

等着炊烟,慢慢托起
缄默的星群
有的星星,站得很高
仿佛祖宗的牌位
有一颗,很多年了
守在老地方,像娘
有那么几颗,还没等我看清
就掉在不知名的地方
像乡下那些穷亲戚
没听说怎么病
就不在了。如果你问我
哪一颗像我,我真的
不敢随手指点。小时候
我太过顽劣,伤害了很多
萤火虫。以至于现在
我愧疚于,一切
微细的光

石 匠

他祖传的手艺
无非是,把一尊佛
从石头中
救出来
给他磕头
也无非是,把一个人
囚进石头里
也给他磕头

哭丧人说

我曾问过他,是否只需要
一具冷冰的尸体,就能
滚出热泪？不,他微笑着说
不需要那么真实。一个优秀的
哭丧人,要有训练有素的
痛苦,哪怕面对空荡荡的棺木
也可以凭空抓出一位死者
还可以,用抑扬顿挫的哭声
还原莫须有的悲欢
就像某个人真的死了
就像某个人真的活过
他接着又说,好的哭丧人
就是,把自己无数次放倒在
棺木中。好的哭丧人,就是一次次
跪下,用膝盖磨平生死
我哭过那么多死者,每一场
都是一次荡气回肠的
练习。每一个死者,都想象成
你我,被寄走的
替身

独坐书

明月高悬,一副举目无亲的样子
我把每一颗星星比喻成
缀在黑袍子上的补丁的时候,山下
村庄里的灯火越来越暗。他们劳作了
一整天,是该休息了。我背后的松林里
传出不知名的鸟叫。它们飞了一天
是该唱几句了。如果我继续
在山头上坐下去,养在山腰
帐篷里的狗,就该摸黑找上来了
想想,是该回去看看它了。它那么小
总是在黑暗中,冲着一切风吹草动
悲壮地,汪汪大叫。它还没有学会
平静。还没有学会,像我这样
看着,脚下的村庄慢慢变黑
心头,却有灯火渐暖

失 眠

失眠的时候,总能想起那些
不可思议的东西。失眠的时候
万物蜂拥,家国更迭
一个人替谁,没完没了
写讼书、走西口、喝交杯酒
把这索然的一生,过得心惊肉跳
失眠的时候,远亲和近邻都不够用
前世和今生都不够用。一遍遍,你跳出了三界
时而,是倒悬在县衙里的蝙蝠
时而,是古老帝国笼中的困兽
一个人失眠多年,终将变成一只悲苦的精卫
在脑海里,一枚枚投放着
自己的羽毛

十里坡

开心寨,纸桶坊,铁疙瘩坡……
为什么我对这些地名的来由,饶有兴趣?
污水横流的陋巷,为什么要叫做神仙碑?
史书上记载,十里坡"商贾云集"

而现在,只有几个枯槁的妇人
伏在垃圾山上,翻捡着
为什么那个最瘦的女人,要带着一个
更瘦的孩子。为什么她那么小
却有着那么多的力气

你看她,拖着一大包空酒瓶子
从一座垃圾山,向另一堆更高的爬
为什么,她那么不像一个孩子
却如同,一个扛着炸药,登山的壮士

生在此山中

草长过,莺也飞过。更多的爬虫
与走兽,生在此山中,死也在
小溪蹉跎,野花静好
它们用自己的无名,静候着
四季更迭。假如陨落在山谷里的
星辰,需要无声的祭奠
那么山风中,将飞过一群
洁白的萤火虫。假如崖壁上
啜啜的雏鸟,正在找寻一条
返回巢穴的捷径。那么,每一棵酸枣树上
都将会,高高挂起几粒,羸弱的灯笼

与己书

许多事情不会有结局了。坏人们
依然对钟声过敏,更坏的人
充耳不闻。我也怀着莫须有的罪
我要照顾好自己,用漫长的时光
抵消那一次,母亲的阵痛。你看
树叶在风中,而风
吹着吹着,就放弃了
我会对自己说
那好吧,就这样吧
我掐了掐自己的人中
是的,这世间有我
已经不能更好了

太阳落山了

无山可落时
就落水,落地平线
落棚户区,落垃圾堆
我还见过,它静静落在
火葬场的烟囱后面
落日真谦逊啊
它从不对你我的人间
挑三拣四

默

大水漫岸。大水退去。
大水没有冲垮房屋
没有淤平田地
没有带走牛羊
1961年没有
1980年没有
最近也没有
甚至,没有大水
没有地震,瘟疫,战乱
这生机勃勃的村庄
这沉默如谜的人们
没有一个祖父厌世
没有一个父亲虚无
在这里,我学会
写春联,编鱼篓,杀鳝
我学会不动声色地
埋葬溺水的亲人。我和所有的水
没有敌意

弥漫着

在鸟的身体里,能找到天空
而一只穿山甲的内部
暗藏着大地的起伏
我是那个不能上天,也入不了地的人类
你不要试图,从我这里找什么
我的恐惧,我的悲伤,我江水上的
三千里大雾
也在你的身体里,弥漫着
我的泥泞小路
也走过,要去看望你的人
而这伙人中,也混迹着
几颗怀揣刀斧的心

乡下，神是朴素的

在我的乡下，神仙们坐在穷人的
堂屋里，接受了粗茶淡饭。有年冬天
他们围在清冷的香案上，分食着几瓣烤红薯
而我小脚的祖母，不管他们是否乐意
就端来一盆清水，擦洗每一张瓷质的脸
然后，又为我揩净乌黑的唇角
——呃，他们像是一群比我更小
更木讷的孩子，不懂得喊甜
也不懂喊冷。在乡下
神，如此朴素

小 径

山有坐相，树有站相。头顶有
飞翔的孤儿，脚下有爬行的国王
白云轻，乌云重。一个人
在山野里徜徉，让自己混同于虫鸟
我想飞上的枝头，那里余音绕梁
我想深入的巢穴，必然庭院深深
我想经历甲虫斑斓的一生，却一次次
看见，蜗牛在费力蠕动着
——这是被花草环绕的一天
我正在脱去人形，我正在重获人形
在这大喜与大悲之间
我迷上了一条，深深的小径
等我返回，头顶已挂满露水
脚印里，落满了迷路的星辰

蚁

一定是蚂蚁最早发现了春天
我的儿子,一定是最早发现蚂蚁的那个人
一岁的他,还不能喊出,
一只行走在尘埃里的
卑微的名字
却敢于用单纯的惊喜
大声地命名

——咦

张 羞

张羞,1979年12月生于浙江嵊州市。诗人,作家,废话派。著有诗集《瀑布1—6》,长篇小说《散装麻雀》《百鸟无踏》《释放一种蓝色》《鹅》《叙述与抒情》等。橡皮文学奖获得者。

张羞是一个致力于把诗写得不像"诗"的人。按照杨黎的说法,言之无物是一件多么难的事情啊(大意)。而作为"废话写作"一脉的主要实践者之一,张羞的"空"是以"实"来实现的,密实,絮叨,啰唆,结巴,缠绕,滞涩……总之,他乐于用一切不合乎"诗"的规范的东西来拆解诗的形制,最后,让我们跟他一起面对眼前的一堆凌乱的散状物,发出困惑:诗呢?这种近乎恶作剧似的写作,极大地挑衅着我们对汉语诗歌约定俗成的理解,迫使我们怀疑写作的意义,甚至怀疑诗本身。然而,我们的错愕却丝毫阻挡不了诗人张羞的创作热情,及其沉醉其中的精神状态。迄今为止,被张羞笼统归入到"瀑布"系列的作品已经不知其数,它们详细记录了这位特立独行的诗人游子一般在人世间迁徙晃荡的全过程,但绝非一般意义上的"心路历程",而是肉身在场的飘忽、闪烁、疏离和倦怠。不要指望从这些数量惊人的诗篇中谋求生活的意义,无意义或惘然有可能才是他写作的原动力。

但饶有趣味的是,不时出现在张羞笔下的关于"鸟"的意象还是多少暴露了诗人的行踪。在我阅读视野中,他可能是最喜欢写鸟的诗人。但"鸟"究竟是个什么东西呢,他却不会明白地告诉你。在我看来,鸟之于张羞,是对绝对的"空"的惧怕或担忧,如同出现在他笔下这样的句子:"那里有什么/见不得鸟的东西/是我想知道的/但又怕"。或许对于张羞而言,无所畏惧与怕是一回事,如同一只深陷在天空的大鸟,它一直飞,一直飞,却必须发出为自己壮胆的叫声。

A

想象它是一个山尖
山尖以上,天空羞涩
云和雾稍显世俗,绕道而行
除此之外,粮食价格继续走低
气候变幻无常,一个忧伤的卵蛋
还在昨晚的暴雪中
盼着它的来世
那么,尽管去假设 A
就是一个山尖、一个
不着边际的女人、海洋、
筹码和沙漠

瀑 布

有人在深夜走路回家,夜很深
街上,只有他一个路人
他是坏的,不着急回到家中
也许他正在忘掉一些往事,他不懂的那些
他也不去想。不远处,有一柱路灯
他觉着那些灯光是轻的,这样他就能
缓慢地走近它们,在这么冷的天,周围
还这么安静,他从没有在夜晚走过
这么长距离的路。这时的夜,不但深
也足够黑。他想过度紧张是没有必要的
更何况是在回家的街上。他也没感觉到寒冷
疲倦已在身体内大量散开,想必是酒精
起了一定作用。他不饿。步行还可以保持平衡
要是再快一点,他知道,便能更快走去
那片光亮里。他想了想,然后就不再想了
他朝空气吹出一团气。是啊,他琢磨着
让一个姑娘(他以为他们是可以在一起长久的)
放弃抽烟的习惯,这事儿太不靠谱
除非有神迹出现,并且能反复降临到
她的眼前。他又吹了一口气,这次
他只想让气体升高一些。他继续往前走
三两步,四下安静异常。安静得

有些过了,他觉着。要是太安静了
就会影响到走路的心情。他就是这么想的
在白天,这里是一条拥挤的街道,他有
几个不错的朋友,经常在这街上出没。
他突然想起要暂时忘掉他们,也并不是
那么的容易。他们不是谁的娱乐,又或者
他们也正在往家赶的路上。不忙着去活的人
又会有什么急事呢? 他这么想时,这夜晚
好像是温暖的。他把酒罐放在路边
另一只手撑住腰杆。他怀疑方才听到了
什么声音,可周遭实在太安静,只有路灯
淡淡地亮着,他于是想起曾在诗里提过的
那个带来光亮,自己也是光亮的人。他说过:
这个世界是美好的,值得为之奋斗。应该是
过了很多年之后的某个早晨,他用一把普通的猎枪
轰掉了脖子上的脑袋(他大致上不觉得它
只是用来合适一顶帽子吧)。在他还不是
非常苍老的年纪,这个人喜欢去非洲草原打猎
喜欢讲几个关于斗牛士和拳击手的故事,他喜欢
讲述一个人死了,要不一个人快要死了
他还喜欢不停地讲虚无缥缈,虚无缥缈中的
虚无缥缈,就像他喜欢说:他走得太久
他太累了,走不动了。他说:这个奇怪的老人
(这人没说奇怪,奇怪是他特意加上去的
他向来觉着奇怪这个字眼特别奇怪)

一直坐在桥头。他肯定也喜欢雨中的猫
因为他写过一篇小说就叫《雨中的猫》
他有时候也会写印第安女人接生的故事
他还写了《世上的光》《乞力马扎罗
山上的雪》。不过他最喜欢的,还是
他的《我躺下》。他一边走,一边
这么想着,全部乱套了。他不愿再去闪过
这些念头,但也没抬头。这时的夜,不但黑
而且更黑了。他快步走到灯柱下,停住。
整条街上只有他一个路人,他估摸着就是这块了
稍作休息的好位置,他想。在路边坐下,或者
索性躺在路面上,他也不知道。一个人
为何会如此小心?他并不是经常的,这样的
这时他是一个走着回家的人,天儿有点晚了
出门时,他并没想到这个。这一趟,他
觉着实在太远。在路上,他甚至碰到两个
等车的年轻人,他走开,车还没到达
这不是一件平常的事,他想。也许
再来上一罐,情况会好许多。
这时的夜很黑,他没抬头,他知道
这会儿,有一个人正在光亮里
他需要这些。他想
这是一条安静的街道,正在安静之中

抒 情

一扇窗,打开后
我把它关上
再打开,又关上
打开第三次
我第三次
把它关上
关上后
我想了想
又把它打开

洋　葱
to Frank O'Hara

我想起了你,在一个黄昏,在
(不用知道在哪儿,我也不知道
就在某块地方吧,在对你来说未来的
一个小小角落、一条四座沙发上,2013年
在　个昨天还是星期一之后的
一个星期二,电视开着)我点起
一支烟,就想起了你,想起
字母O,想起洋葱(我不知道)
想起你后,我就开始想你,一个诗人
你的可口可乐、领带、你的黑猫、你的
曼哈顿、打字机什么的,以及关公(熟不熟?)
以及,他那两个我们都想爬上去
四处瞧一瞧的他的膝盖

在没有鸟以前(11首)

在没有鸟以前

天空,空荡荡的
天上什么都没有除了天空
天和天空也因为空
常常被人搞混
鸟的出现是一种进步
它让天空不再空荡(或更加空荡)
让天突然变得至高无上(又可能只是一股气)
同时也让人认识到万物
皆可翻译,累了就要睡觉

在没有鸟以前

尤其到了九月
天空下着雨
避雨的人
停在树下不动
因为没见过鸟(想见,也没有
见了,肯定也不是)
雨又老是下个没停
她感到空虚,甚至开始怀疑
自己是不是快要怀孕了

在没有鸟以前

在更深的天空里
甚至在有了鸟以后
在还要深、最深的天空
那里有什么
见不得鸟的东西
是我想知道的
但又怕

在没有鸟以前

也没风。这个结论有待商榷
尽管它是事实。但在没有鸟以前
一个人怎么会相信这些,虚头巴脑的
即使鸟大量出现,亿万年后的现在
信的人,总归还是极少数几个,不信的
即便鸟在她梦里反复打洞、造反
醒来后,她还是会接着堕落

在没有鸟以前

掉下来的龙
因为没有力气
没法再回去天空
从此遗留人间
成为祸害

这事不好怨谁
鸟,本来就没有
龙,它自己也是受害者
主要还是当时的人类
饭没吃饱几天
却热衷于上山下乡
搞什么偶像崇拜

在没有鸟以前

天空里到底有没有鸟
应该没有,如果天空比鸟早
《鸟史》上的解释是:鸟
最早是天空的事物,没有鸟
就没有天空。如果这说法没错
那我现在正看着天空
二分钟了,为什么不见鸟
经过证明的《鸟史》不可能出错
好吧,你说,那大概
是在没有鸟以前

在没有鸟以前

一粒种子落到地上
三年后,它长大
长成一个雪白的大蛋
有人看见了,说

这是什么东西
也有人知道，说它
是自己家的龙生的蛋
不知道怎么飞到了这里
再三年，还是雨天
蛋不见了，不见得很突然
人们这才想起奴隶制
可能已经落伍了

在没有鸟以前

叙事还很难。一个石头停在天空
看不出它的开始和发展、高潮以及结局
看石头的人等了三天，三天后
她实在饿得不行了，便随便找了一个理由
回到家中。从此，再也没有回过家

在没有鸟以前

风吹起树叶
仅仅是风吹起树叶
一个人在路上走（秋天）
却不知道她在走什么
天亮了，很快天变得更亮
远处看见雾
丈夫也从远处走来

在没有鸟以前

我们在喝百事
她一个人停在雨里不动
我们喝着百事看她
一个人停在雨里
她像鸟,雨里的那种
像了一会儿
又哪里都不像了
百事最开始是美国的一种汽水
后来在我们村也非常流行

在没有鸟以前

鸟飞在空中
没有人知道那是鸟
在没有鸟以前
是没有鸟的。作为总结
Jimmy,你已经睡了
告诉你一个秘密:不要
(过多地)想念人类

杭州史

初十,杭州小雨。杭州,在雨中
路过杭州我看见一个雨滴穿过天空
落在烟头上。不是,那换一个同样的雨滴
穿过空荡的天空,之后,它想去哪儿
去哪儿,我巨懒得管。一个雨
要有雨的样子,一个情人和一个情人
在埋头拥抱,其中一个是梁山伯的亲戚,另一个
穿碎花长裙,在火车东站(外),傻乎乎地
连吸三支。愿她们共同灰飞在江南烟雾中
电量急剧下降,天堂陌冷,我去汉口的D1296
还要过0.7个时辰离开,时间、地点、动作
重要的是离开,不管哪里,离开(一个垃圾桶)
之后上升,到进站平台,从这里瞭望局部:它是
城市的(啥),它在雨中(保持传统),
它需要增加风景点:去历史上找。历史上,
这里曾是良田,一个土豪(也许是他自己的毛病)
终日苦盼其小妾产下传种男丁。那天也下雨,
运动来得迅速(并且反复)。还是算了,他想
他并且承认他可能已刀枪不入。后来,运动结束
天空中升起炮仗和灿烂烟花(就跟我此刻——
14:42分,看到的几乎同等豪华和虚拟和嗨)
再往以后,1986年,他大概想通了,在灵隐寺
还了俗,远远地走去钱塘江边,消失。

南京史

以为会下雨,没雨,只是天空阴着
在南京,想起最多的是南京。一座城市
又不是城市,多雨,有时有雨也不下,到处
都是南京,南乎乎的,又有点京,这个、
那个,总归不明白它的意思。大概
也没意思。下午两点整,跟杨黎喝完茶水
我叫了的的,去南京南站。女司机用南京话
说,是去南站吗。我不想说话,告诉她
按导航走就行。我不喜欢南。一个往北走的人
离南远点,总没错。哪怕南京的南,它让我
想起这里以前,死过三十万人,从中华门
到雨花路,这个南京郊外的女司机
自然迷失了她的方向。我说,没关系,真的
没有关系,你随便开。不知道为什么。我问曹寇
为什么每次我来南京,天空总在下雨,至少
也是要下不下的。作为一个小说家,他当然
不会回答这种问题,它本来,就不是问题
但有一点,是明确的。我来南京,不是因为雨
是来看朋友,看完他们,写完诗,走人

弥赛亚

弥赛亚,原名胡查,1973年生于四川广安。获"榕树下"现代诗歌奖、第二届界限诗歌奖、第五届或者诗歌奖、第二届中国诗歌突围年度奖。作品散见于各刊物,入选各类选集。出版诗集《太平广记》(内蒙古人民出版社,2005)、《那春天》(长江文艺出版社,2018)。

弥赛亚的诗里面充满了野趣,视觉性和画面感让他的诗歌读来生趣盎然,这也许与他训练有素的职业习惯有关,新闻与旧事毫无违和,相互重叠,镜头忽远忽近,更重要的是,诗人尚能在摇晃中保持着全神贯注的定力,确保画质的稳定与清晰。做到这一点并不容易。除此之外,弥赛亚业已形成了自己独特的发声方法,音色带有明显的西南地域腔,常常在跳跃性较强的陈述句丛间滑出一段抒情的旋律,以此避免语言的滞涩。无论是有意为之,还是惯性使然,这都是一位长久浸淫于诗歌技艺的诗人应有的语言觉悟,通过十年如一日的锤炼,他让自己从众多的同龄写作者中脱颖而出,具有了很强的辨识度。

在从新世纪网络论坛时代诞生出来的庞大的诗人群体中,弥赛亚是能让我一直保持着阅读兴趣的诗人,也许,求变求新的愿望我们同样强烈,但忠实于自我的气质也一样重要。我曾经在另外一篇短文中谈及弥赛亚曾"有过短暂的摇摆",但现在看来,他终究重新或者说,又一次发现了自己,这其实是一件非常困难的事情,只有在不断地对外在欲望的克服中,个人的能量才能凝聚、集中,我们才有望真正凸显自己的异质性,而这种异质其实是为了弥合情感上的裂隙。

夜航船

一个和尚
乘船过河
艄公在掌舵

我在家,我在长头发
那是另一个朝代的事情
泥沙俱下

泥沙俱下,河流上升
渡口的阴影部分
保持平衡

他坐在船头,他吃素
隔着茫茫的水面
他与我对称

那春天

午后的玻璃
闪耀着流水的光芒
那棉花,朝生暮死
那温暖的浆果
总是过早地柔软、腐烂
少年一觉醒来
早生华发
朋友啊,你有滚烫而痛苦的幻想
我有一件旧事
想与你分享

切肤之爱

你珍爱的那双白网鞋
在星期天的下午晾干了
我想为它
扑上雪白的鞋粉

那时你还是只蛹,还没成为女人
你躲着雨露和落叶
看上去很安静,但你不能告诉我
安静的感觉

这么多年来,远山交叠着近水
你有宽广的过去,我有微弱的火光
你轻轻拍打我的肩膀
仿佛正午的蝴蝶穿过稠密的人烟

一宿觉

把脚晾在被子外
炽热的冻疮
提醒我肉体尚未结束
通过污秽的火焰仍将继续行走

这并不容易
夜还长,梦已醒
溃疡的风
里面仍是风
人生辽阔,容我微微蜷脚

此为别

栅栏关住的水,锁孔里望见的春雷
一条漫长的海岸线
捆住的人民
无法摆动的钟摆,没有边界的花边

我的暮年和它们一样。我的现在
像虚妄的火焰与光晕
小雨里有无尽的涟漪和灰烬

洛丽塔

小盆骨的女人
牵着一匹阳光小马
沿着波浪形的街道
悄悄走进来
摸着我的肩,说早安

他

他是从外省来的
带着一匹骆驼
如果他是马戏团的老板
手底下应该还有一头狮子、一个小丑
和几个跳艳舞的女郎
但是只有他一个人和一匹骆驼
这就显得有点奇怪
他看上去还比较老实
当年可能是个知青,一个可靠的年轻人
组织上可能安排他去马铁厂上过班
身上有股熟铁的味道
他走到街的拐角处
就停了下来,伸出手,向我推销药。

因式分解

在太阳底下
追着汽车闻尾气的孩子
拖着一条
长长的火焰的尾巴
越跑越远了
从树叶间漏下来的影子
有头发,有拇指,有细小的腿,有一种恍惚之美。

越江村

越江村三面环水
属贫困村
有光棍二十三条
癫痫病人八个
我去采访的那天
下过一阵雨
嘉陵江绕村而过
流入了长江
村支书把光棍和病人
全都邀到院子里来开会
他递给我一支烟
抱歉地说，
唉，今天这些病人都很正常
但他们其实真的有病。
我点点头，同意他的看法

纸 人

纸人在天快黑的时候
慢慢走进屋里
屋子里比外面更黑一点
外婆老了,看不清了
她端着一碗苞谷饭
坐在门槛上
边吃边埋怨这该死的眼睛
过了一会儿,火烧起来了
外婆模模糊糊地看见
纸人穿着一件花花绿绿的衣裳
和真人一般高
身边还有些纸马、纸房子、纸元宝
他们都在为她燃烧
他们的灰不溶于水,变成了蜡

甘 草

在一本书的封底上写字
纸是黑色的
笔芯也是黑的
写完后看不见
如果侧对着光,字迹清楚了
变成了银灰色
我写下的是"甘草"这两个字
甘草也变成了银灰色

的确良

我与他交换了信物,在街头
把一堆落叶点燃
然后各走各的
人流轻易地穿过我俩,像缝纫机的针线
穿过夏天的衣服
我们多么薄啊,像晾在竹竿上的一匹布
透过这面看到那面
他拿走了我的病历
我带回了他身体里的风铃
但那属于过去的安慰稀松平常
但这反复交换的信物不是的确良

虚无的禅意

斜桥于民国三十八年被扳正
那棵歪脖子树死去已很久
乡绅的后代还活着
成为新一代乡绅
公社更名为大队,现在又变成了居委会
孙寡妇改嫁,傻和尚还俗
这一辈子,过上一辈子
没过完的事
从荒寺到墓地,左右无非两条路
一样的月亮,不一样的兴衰
草木葱茏,哪有什么禅意

半生过半

梨树开白花,大地响春雷
我的前半生
交给了更早的早春
有的人守着一块墓碑
有的人私底下
打开锦囊,多活了一回

一片青草地,现在还没枯黄
所有的事物都安于现状
生命仿佛是多余的
仿佛雨伞打开,然后又收拢来
雷声已经停息
我们走到草地上
春光明媚,世间美好
没有谁比谁死得更早

定风波

很少有东西
能像天空那样,完整而空虚
自我满足的时辰
东南西北,忽然吹来了风

偶然迟到的雨,轻轻敲打着竹叶
鱼浮于水,人浮于世
谁也不会是永远的漂泊者
在一条弯弯曲曲的山路上
樵子遇见了和尚

走一遭

他有颗脆弱的心
爱吃菠菜和内脏
他说他要去
一个叫彩虹桥的地方

我知道那里的雾很大
那里其实没有河流
桥下长满了草
那里的人,不会说我们的话

我没有劝他不要去
简约之地,自有其稀疏之美
道一声珍重
他有他心中的绿洲
我有我理想的海市蜃楼

山 气

山气居高临下，盘旋不散
遇仙人化为松风
吹拂着高高的台阶
它还能怎么样？无非是过眼云烟
无非是在静默的石头身上凿洞
它有足够多的清醒和敏感，可以浇灌你
深处的枯萎
你不是一个山里人，你从没有收拾过一担柴
也不曾在阴天点火、在锅里烧水

阴郁鹅

三头鹅,站在地板上向昏暗靠拢
它们静静地伸长颈项,好像离你很近
兄弟,你为什么也一言不发
莫非是异物入喉,天将大旱
你看春天的瓷器冰凉,春天有沉沦的倾向
草木空了,蝌蚪远去,天边飘走一朵云
鹅们很清楚,这季节干涸,会现出背影
眼前事如万古愁,欢娱抵不过一丛溪流

无 咎

扫地的人
来到我们中间
使我们成为落叶的一分子

煮鹤的人
顺手煮了一壶好茶
邀请我们围炉夜话

极少的雪落在梅花上
更多的尘土覆盖在公共之地
焚琴的人望着火沉默不语

我们是说不出的话,流不出的眼泪
一生有迹可循,却无枝可依
十里之外,我们是自己的附庸者

小雪的冬天
客人结伴经过小城
行一段路,过一条河。众生匆匆,犹如枯鱼

野史趣

疯子拿着氢气球
一边自言自语,一边走
很快就走过了这条街
三月五号,晴
他站在阳台上,看见樱花满枝头
疯子在树下
来回走了三次,手里的气球快要蔫了
他认真地记下这一幕
以便后人从野史里,找到另一种秩序

开始的确是这样，
后来变成那样了

我从白发里抽出青丝，还给你万念俱灰。
还给你杜鹃的春心。
还给你无端之水流不尽。
拍马莫问前程，
还岁末以浅雪，还黑漆于棺木。
还给你两头不到岸的尴尬。
开始的确是这样，后来就变成那样了。
还你流氓的寂寞。
还你负面的山水。
海上花还给海底鱼，一丈青还给半匹麻。
蛙鸣还给深井，黏土还给熔炉，芝麻还给馅饼。
航海日记一片空白
还给你遗失之岛和极昼之夜。
还你黄金锚和满天星。
后来的确是这样。我拿走了什么就还给你什么。
我把灯火还给寺院，把荒芜还给田园。
把桥梁还给藏死的河流，把白银还给冤枉的自由。
垂枝还给根须，黄祸还给证据。
还永生以饮鸩而死
还宝藏以失踪之谜
旧时辘轳兜兜转转，早晚归于一梦。

我把初衷还给始终,把刍牛还给吴钩。
把惶惶前世还给滚滚今生,把长河一落日
还给肝胆两昆仑。

犹 幻

某个时候
木头的颜色会加深

以为下雨了
其实没有

季节已经来临
绿水开始变旧

拗断棍棒的弟子
找到了自己的扫帚

离家有五百里
低头吃一盏茶

墙角穿了个窟窿
不见了一个道人

静水深流记

浪花永远奔腾在水面
而河流深处
藏着一个死寂的废墟
大雾弥漫,鱼虾默默迁移
桥的另一端不知伸向哪里
在碎玻璃中,廉价的水结成冰
有时化为失忆的雪
健忘的霜、低于云端的雨
我猜,它们都是来自同一片水域
小时候,我们折过那么多纸船
却从没有真正让它们航行过
汪洋中没有一条真正的船
只有无数只
乘树叶过河的蚂蚁

片瓦遮头记

你有多久没坐过一列闷罐车了
你有没有看见
屋顶的瓦缝有棵草长了出来
当旧屋翻新，当慢车开来
爱过的人向你招手
就像窗户已关上，蜂窝煤还燃着
锅里的水就要烧开

所以别再逃了
哪有什么永恒之地
檐雨落了整夜，幸有片瓦遮头
我以为忘记了的都不曾发生
埋下的都是腐朽的丝绸
好吧，我承认地底会长出新的东西
这死神的馈赠
像我们扫墓归来，在路旁挖出的春笋

寻光记

请你为爱做一盏灯笼,
在须发皆白的雪夜。
你不必提它走远的路,
且于近旁圈一地光。
你不必接受远方的邀请,
故国山川,终究被眼瞒。

请你为爱凿一口井,在地底
觅得一两粒火星。
你亦不必认定此生庸碌,
细火虽融雪,到底意难平。

袁 玮

袁玮，1985年生于北京，现居杭州。曾用名：原委。诗人、艺术家、占星师。曾出版个人诗集《吐纳》，发布诗歌舞台作品《没有|原委》，出版个人诗集《爱人展览》（橡皮文学出版）、《占星笔记——2015年水星逆行》（黑哨诗歌出版计划）、《一大群袁玮》（黑哨诗歌出版计划）。

袁玮的诗似乎不是用笔写就的,而是用刀子在钢板上刻录,你能隐约听见某种令人心惊肉跳的声音。简单地用"杀人的诗"来定义她语言的力量感可能是不够的,那种青筋毕暴、咬牙切齿的书写状态,呈示在读者面前的往往是另外一番截然不同的面貌:忧伤,缠绵,一咏三叹。读她的诗仿佛面对着一个泪水盈盈的孩子,脸上却挂着笑容;又恍惚看见一个人在月光下一遍遍磨刀子,用拇指擦拭着刀锋,满不在乎地吮吸着从自身的伤口中沁出来的血污。从《百度袁玮》开始,到《留言便笺》,再到《怡》《人间禁诗》,我就一直在留意和跟读着这位桀骜的年轻诗人,她的这种异质性(一直保持的)在我阅读视野中很难找到另外一个可替代者。

酒精和性,星盘与杀人游戏……其实这些并非袁玮写作的出发点和目的地,隐藏在其后的是诗人对生活巨大的不安感、幻灭及无常,由此引发出来的对浅俗生活的深刻质疑。袁玮的可贵之处在于,她清晰而准确地找到了陈述这种生活的语调,干脆有力地"说"了出来,时而急促,恶狠狠,时而温婉,感伤,但丝毫也不躲闪。我知道,那些读过布考斯基、布劳提根们的人,在面对袁玮的诗时又会在私下里嘀咕:这不过是他们的中国"女版";但如果扪心自问,那些"中国版"的弗罗斯特、拉金、特朗斯特朗姆们,何以受人追捧呢?说到底,是袁玮的写作对我们的审美经验构成了真正的冒犯,而这种不适感和不安感,当它以真诚为代价和前提出现时,我仍然要为之击节鼓喝。

朋友,你走到了南方一个人吗

老规矩
出门要
打招呼
老规矩
回来后
我们要做爱
好多年
老朋友
现在
这些
都变了

你和我说
可以去你家
陪陪你
发胖的
妻子
就当替你
看住她

我愿意
替你陪着她

亲吻她
替你睡在
你床上
像我们的
老规矩
不用安全套
做完爱
不许抽烟
我先睡着
你盯着我看
看上一整夜

老朋友
我现在就
靠在你床头
握着指南针
并在
漫游费里
迷了路
老朋友
你的被子
很暖和
你的妻子
就像你

爱人展览

找一个
爱人
见一面
做一次爱

找到一个
爱人
可以多爱
一阵子
有时间
彻底分手
再做朋友

一场诀别
揭伤疤或
改变点什么
一次爱人展览
隔离、失控、滥交
手足无措、
精神恍惚、想
死的心都有
一次次光顾

展览

找一个爱人
如果能找
就再找一个
必须找一个
你睡着进入
彻底死亡
身体僵直

爱一个可以
一起终老的
爱人
要么就
一直找
下一个
一直都是错的,可
别怕认错

第 27 号抑郁文件,我们谈论了一下最近的写作状态

有人通过互联网
输送问候
给我这个
需要被打听打听的
活人
他询问我
最近的状态
这里面就涵盖了好几个
固定项目
其中:
酒量如常
日日的末尾序曲都
集中在盯着屏幕
无力聚焦

食欲正常
按胃部的饥饿感受
配给食物给
闲置的四肢
和发酵在酒精中的头脑

感情生活没有变故
性生活稳定
相拥也无法剥夺孤单
沟通必定引向失落
小小的两枚黑色球体
紧贴玻璃的两面发出呻吟

晨起的雨声
敲打屋顶
我窝在床上选
某一个小节的末尾
爬起来
可散碎的天空
定义节拍
是多轻易
被迫放弃的耗神事

就这样
又几个小时
穹顶就能合上了
那时你又问我
写诗的感觉
这是一个关键
我说:最近
我写得很烂

思量再三我决定说：
我没有写爽
总算这次能准确评估我这
漫长的
诗歌人生
可能就
写不爽了就
这么不爽下去
就是一次做爱
也不能随时停下
撤出来
去做下一个

我穿好衣服
挪动到室外
抽一根
冷飕飕的烟

我、
和写——
这一对老夫妻
互相磨蹭
话题陈旧
挑逗丧失新意
就这么

失落地滑进隧道
抽出来时
瘫软得拾不起来
垂着头拥抱
在一起睡
等醒来也不愿回忆
直到
下一次

以规律维持住
信仰
我和一首诗之间
都无法
杀了对方
我试过了
很多次
就差一点
我很伤心

你问我的性取向,我回答你,说

在寻常的对视中
不区分性别

在灵魂的共鸣间
不区分物种

在永恒和永恒对峙崩塌前
我不打算区分
有机物与
无机物

更何况说
权力、工具、繁衍生息

甚至走到了虚幻外
用不着区分
善恶美丑
用不着
你关灯提问

节奏是固定这样
下一步

一大群有关的都需
屏住呼吸——你好好看着
——我
归零

祝酒诗

我烦躁了好长一段时间了
亲爱的朋友
在此
祝愿你
也如我一样
不安
在随意抽取的
记忆中
保持回顾灾难的习惯
重温
一个个轻薄的细胞依次炸裂；
愿你也如我一样
对说过的每句话都
充满遗憾
我想要道歉
为生活里伟大的碎片
不断开裂
为相吸的两性在航行中
执迷于相互击沉——
而干上一杯

亲爱的朋友

我们干杯吧!
都是过来人
何必不纵情

喝醉了方便
无意味地紧紧拥抱
喝醉了才能狠狠地谈
心事
谈不安重叠着遗憾
那种流俗的
诗意
沉船在夜晚的海面上
默默呼出一口气
那是一场缝合
眼睁睁看着也
不要紧
反正每个角落都有
恢弘的
大场面

哎,好吧
我的朋友
我的祝愿都是假的
那么我诅咒你
没有烦恼

也无需发光
令人上瘾的烦躁就
留给我
螃蟹
和肉骨头
一杯酒和
枪
再来一杯酒
或换你
扣扳机

十年后致老朋友的信

结识一位
新朋友
相互吸引（勾引）
相互
布下困局
相互吸食
又很快
成了
老朋友

那好
亲爱的
老朋友
现在跟你
说说话
这个年纪了
终于
暗淡了
克制的美学
值得赞赏
逃避的精神
开始领会

我还有什么好
抱怨
连遗憾的婚外恋
也美妙

老朋友
听着我唠叨
今年的收入
我都记账
往年的欠债
都还钱
规规矩矩的日子
刚开始
其实有两年
没写诗
写出来的事情
都不同
就今年
我才有婚姻的
感觉
"这就是你
一辈子呀"
老朋友
我的一辈子
你想过吗

老朋友
说到这儿
就打住吧
没什么烦心事儿
可眼泪已经
流下来
花花草草都茂盛
爸爸妈妈都
健在
北京我是很少去
故乡这概念
我还是
没能懂

亲爱的老朋友
许多
许多年
过去了
睡过的真的
不一样
我还能说说
心里话
可是就现在
心里话是什么

我都不清楚
我还想喝杯酒
再睡觉
明天又是
好天气

今日的最后一杯
我就敬给你
落款题上——我
——真
谢谢你

聂权

聂权,1979年生,山西朔州人。有诗集《一小块阳光》《下午茶》。获2016年华文青年诗人奖、2017年华语青年作家奖、第五届徐志摩诗歌奖等奖项。

读聂权的诗隐隐可闻铮铮琴音不绝于耳,"巍巍乎高山,汤汤乎流水",类似的古意弥漫在字里行间,僻静,奇崛,给人以似曾所见又无从说起之感。从现代汉诗的发生学来讲,这些生发于游历或静观中的诗意,须在诗人的情感处于静穆的状态下才能成型,写作者的人生经验也需要熨帖地灌注在与之呼应的物象中,才可以显现出文本的独特性来。否则,往往会给人"到此一游"的虚弱感。难能可贵的是,聂权在这方面显示出了一个觉悟的诗人所具备的把控能力,既专注于耳濡目染,又超然于世相物外,从而达成了沉坠又轻盈的文本,如鹰翔峡谷,鹰重而羽轻。

选择生僻的入口,进入空空如也的情感区域,于当下大多数写作者而言,往往是一桩吃力不讨巧的事情。但我们从聂权的诗歌里能够读到一缕缕从古意中化过来的世间温情,不动声色,却令人眼前一亮。他似乎非常擅长这种疾速转换的叙事口吻,点东指西,暗含着"只可意会不可言传"的策略。在有限的交往中,我知道他就是这样一个人,恪守着诗歌的本分,从不张扬,让人信赖。

左行草

"左行草,使人无情。"

无情的生活怎么过
是否能舍下这世间温暖
容我想想。
而有时想想过往
又真的想觅一株这样的草来

春 日

我种花,他给树浇水

忽然
他咯咯笑着,趴在我背上
抱住了我

三岁多的柔软小身体
和无来由的善意
让整个世界瞬间柔软
让春日
多了一条去路

瞭敦瞭禺

瞭敦瞭禺
己形似蝉而子皆若虾
人获之
母即去就子
不是解救
而是比青蚨更壮烈的陪伴
母子煎出的味道
"辛而美"
是一种意态凛冽的
人间绝佳美味

朱 鹮

朱鹮的出现
是凡俗生活的一种惊喜及洞穿
多少人穷尽一生
想要抵达朱鹮一样的人生：
它们在温暖浅塘中、绿草间
食虫鱼、振翅、昂首、理翎
硕大身躯，艳红宝石样头冠
偶尔腾于半空
便引来注目与赞叹
温饱无虞，现世安稳
不需理料天敌
寿长，鸟寿
三十余年
约等于人生
一百五十个年头
专情，一雄只配一雌
有他鹮侵入其间，二鸟
交颈，呈备极欢爱之态
使它羞赧退去
雌亡，雄不复他取
雄不存，雌亦孤独度过半生

景迈一夜

清晨醒来,推门,脚下白茫茫
缥缈仙境
怒山余脉,横断山峰间
镶三道安静彩边
昨夜锅庄旁,我们坐拥松明烟火
饮酒放歌
而后见得满天璀璨星斗
自惭形秽于
日日运行于头顶
而不被我们看见的
永久,与不可测度的真理
而后在山腰,一粒微尘,沉沉睡去了
做了一夜的梦
梦中人,被选中
做了小寨的新郎,而新娘
却忽换作
一个丑陋少女,施展幻术
她让所有人,都以她为真
她的表情难以捉摸
我不是明天我无法到达的
挂满牛头的西盟神秘山谷的
络腮胡子的祭品,却被芒景古寨的精灵

玩弄于方寸之地
悲欢不动声色地展开
我有起伏跌宕的命运
却睡得安稳

土豆丝和茄子

一个男人和一个女人的故事
重点在于:它是
一盘土豆丝和一盘茄子的故事

"没有我,你能吃到
茄子和土豆丝?"
他炫耀他的恩赐
她转身,打包行李
寄回老家

她的姐姐,影院里看《黄金时代》
忽然大哭:"萧红过的是什么日子
我妹妹,过的就是什么日子!"

萧红嫁了萧军,她嫁的
是一个上海老男人,一起
过了三年

世 间

每次回乡,艾青
都要去看看他的樟树娘
他要去摸摸她
——他克父母
父母让他认樟树做了娘

他不再以蒋作姓
他的儿女
都姓艾

世间恩义
有续有断

理发师

那个理发师
现在不知怎样了

少年时的一个
理发师。屋里有炉火
红通通的
有昏昏欲睡的灯光
忽然,两个警察推门
像冬夜的一阵猛然席卷的冷风

"得让人家把发理完"
一个警察微笑着说,当另一个
掏出一副手铐
理发师一言不发
他知道他们为什么来,他等待他们
应已久。他沉默地为我理发
耐心、细致
偶尔忍不住颤动的手指
像屋檐上,落进光影里的
一株冷冷的枯草

不 再

未料想,有一天
身体会背叛故乡:回乡一周
额头泛起小颗粒
回京一天
额头光洁,咽痛
也渐好
六年,我一山西人
渐不嗜醋
不嗜面食,一朔州人
南街杂各、抿掬、莜面鱼鱼
土豆肉炖粉条、刀削面
渐只做一年饮食调剂
时时勾动肠腹馋虫之
销魂美物
不再。怎知
一种深处悲凉,起自何时
又
将止于何处

熟 悉

立刻就熟悉了。
地铁上,素昧平生的两位母亲
把他们放在相邻的座位上

"我五岁!你几岁?"
"我四岁!"
"我喜欢熊猫
你喜欢什么?"

那么天然的喜悦
茫茫无边的尘世
他们是那么信任对方
易于结识

流浪儿

用粉笔
在水泥地上
画一个妈妈

然后蜷缩在她的肚腹中睡去,像
依偎着她
也像仍然在她体内
舍不得出生

简笔画的妈妈
那么大
她有漂亮长发、蝴蝶结
有向日葵一样的圆脸庞
和弯弯笑眼

凝 神

用麂皮擦拭壁上的镜子

可怜柔软的麂皮
偌大一块,不还价只卖三十元
可怜一只麂子
全身没有几块
这样的皮子

可怜白云下青草里的
悠然奔跑
可怜月夜里的
凝神

真 相

世人喜欢什么
商贩就造什么

喜欢玫瑰,他们就造艳丽的
喜欢刀刃,他们就造锋利的

姜被硫磺熏过,呈现优美色泽
橘子熏过,在这世上速腐

速腐之物为何出现在菜市场
小贩微微一笑
道出了真相:
"人们看重它们的品相。"

多少事物都是如此,自己造就的
总要由自己
把它吃掉

SHDHU · BABA

双手合十,跪了下来
双手合十,迎着清晨圣光
向伟大的神问安

贱民无法进入神庙,怎么办?
他和他的父辈,把神的名字
刻满全身

SHDHU · BABA
24 岁在身上接纳神名
刻了四年,如今他时光将尽,83 岁
双目失明
和妻子相依为命

一座金碧辉煌的神庙
和众多的行走过的神庙跪在一起
承接着
来自高空的温暖和救赎

资寿寺

三晋中部,灵石降落之处,村村
几曾都有寺庙,它只是
其中一座,而它
用精妙绝伦的塑像、壁画
来为兄弟们的消失
正名,精准地
称量一段荒谬的历史
一千年延续的存在
数年间便毁了,两千年间
一直被防护的
从兹永归墟土;它能独存
传说缘于偶然
有人破坏寺门,暴病而亡
有三人盗走十八罗汉头像
后均于狱中
离奇身故
于无形鬼神之有形敬畏
防护它的武器
而破坏与防卫
亦可归结
于不义与义
陈永泰先生

巨资由台湾
购回十一尊罗汉头像
后辗转
于欧洲
购回五尊
次年,于日本
又购得最后两尊
归还资寿寺——
愚蠢盗贼
当年只售得15000元——
陈先生的努力,对应着
寺庙不远处,文庙墙外的两个大字
"义行"
使人振奋于
"世间真有此"的佐证之一种

苍南夜月

苍茫的海上渔夫在夜读
涛声也在读他

山海间的
平衡打破的奇崛
奇崛组构的极致平衡
静美渔光曲的任一微细部分
所含的奥妙
都可让世间大师叹服

不辨面目的渔夫身处的
是古今通道
是出入宇宙的不二之门
是幽微秘径
是源头，亦是去处
被一道粼粼金黄和广袤黑暗
运送着

秘 药

离群索居的两个人
巴拉村的山腰间
老妇已龙钟
高大丈夫犹壮年

十五岁追随她
蜜意无衰减
挑水、耕地
日子过得平淡
华发渐生
终不厌倦一张苍老的脸

都说这傈僳妇人
知晓"爱药"
配方之秘,收了那少年
做感情奴隶。秘方
不可人人皆得
山下居住的人
徒然,边指指点点
边生出对药物的
恒久的艳羡之心

传　说

"木囚"只是一种传说
造它,要繁琐工序
和取意象征的巫术:
斫来梧桐,选最好的部分
砍、削、琢,把精致的人形囚入
凿一坑,四周
堆放芦苇
将木囚置入其中
牵来疑犯
犯人有罪,木囚静卧
冤枉,木囚一跃而起
木质的脸激动,鼓舞手足
仿佛,是自己受了冤屈

莫 名

幽谷深深
鸣水溅溅

一路看见那人
盘桓而上
台阶盘桓而上
他一路摘了草叶、花朵
塞进嘴里

行为殊不可解
面容却有微戚

满山寂寂
莫知其因
满山苍翠
莫知其哀

谈骁

谈骁,1987年生于湖北恩施。2006年开始写诗。著有诗集《以你之名》(长江文艺出版社,2012)、《涌向平静》(中国青年出版社,2017)。曾参加诗刊社第33届青春诗会。湖北省文学院第12届签约作家。现居武汉,供职于长江文艺出版社。

我依然觉得写作的第一要义还是真诚。尽管在很多人眼里,这种观念已经落伍了,但又有何妨。接近和呈现真诚的途径可以是多种多样的,而对于写作者而言,如若放弃了这一前提,他将抵达的肯定是虚妄之境。和许多老练的写作者比较起来,谈骁的诗龄并不长,但他的整体写作给人感觉非常成熟,这首先得益于他良好的语言禀赋(语感这种东西或许真有天赋,非勤苦的练习能够习得),这让他很快就找到了一种适合自己情感传递的表述口吻,显得天然而自足;其次,他是一个有出处和来历的人,这又让他能在有限的人生阅历中从容地传导自己的生活经验,并不独特,也没有多么深刻,却足以唤醒我们蒙尘的情感世界。谈骁的写作始终把握住了人性中趋善的那些因子,并用这些日常生活中的碎片拼贴出一幅幅图景,亲切,温暖,毫不刻意。

行大道,或抄小路,都无捷径可走,前者人群熙攘,后者需要勇气。从目前谈骁的写作上来看,他是打算穿过人流一往无前的了。从他尚在校园开始写诗,我就给过他足够的掌声,我知道,在这个时代,赞美一个人并不比诋毁一个人容易,唯其如此,克服我们内心的怯懦,埋头赶路才尤其可贵。

表 情

初中同学
胡小娥
今天早上
突然发来短信
问我还
记不记得她
她说
她结婚两年了
现在在家里
带孩子,刚才
孩子有一个表情
特别像
初中的我

追土豆

我见过挖土豆的人
在三角形的山坡
粘着泥土的土豆,开始了重力的逃跑
土块和杂草的阻拦
让它剥离了泥土,跑得更快
挖土豆的人只会追几步,追不到
就去挖下一窝了
不费力的生活没有,费尽力气的生活算什么
我也追过土豆,一直追到山脚
下面河谷平坦,我像一颗土豆
还在惯性里继续滚动着

先 人

爷爷带我们上坟
他清楚树林里的每一块石头
认识每一块石头下的人
蜡烛点亮,黄纸冒烟
爷爷为墓中的先人介绍儿孙
他年纪大了,但记得所有儿孙的名字
烛光摇晃,是先人的回应
爷爷说:他们知道了,他们会保佑你们
他知道先人在说什么
他怀着和先人一样的心思

语言指南

在户部巷,我遇到一个卖玩具的人,
背着一串铁丝笼子,拿着一卷铁丝。
他说:"蝴蝶、菩萨、老虎、两只老虎。"
他拨弄着手里的铁丝,
把它们变成了蝴蝶、菩萨、老虎、两只老虎。

共此时

晚上,给母亲打电话
告诉她最近的生活
武汉下暴雨了,房子装修到一半
天气太热,很少在家里做饭
这浮光掠影的生活
足以安慰母亲的心
共同面对的事情越来越少
但还在一起经历人生
电视里有人在唱歌,母亲听到了
这简单的歌声是真正的天籁
她说她也在看这个台,也在听这首歌

河流从不催促过河的人

雨后,伍家河涨水了
石头太滑,不能踩
有水沫的地方看不清深浅,不能踩
水清的地方,比看到的要深,不能踩
好在河岸很长,河道转弯的地方
藏着让一切变慢的细沙
这是伍家河温柔的部分
河水平缓,低于我们卷起的裤腿
对岸也平缓,河流从不催促过河的人

父亲和我们说起未来

停电了,山村漆黑
炉子里有火,不够照亮房屋
但安慰了围在炉边的人

父亲在炉子上烧一壶水
屋里更暗了,父亲说话
伴随着水壶受热的声音

夜晚适合说说种植
黑暗中适合说说田野的事
玉米抽穗,土豆长大
再有几个晴天,烟叶就会变得金黄

种植是田野唯一的承诺
这个夜晚,一切种植都能收获

水开了,父亲提走水壶
他脸上有语言留下的希望
炉火闪烁,这希望几乎在闪烁中成真

百年归山

十年前,爷爷准备好了棺材
十年来,爷爷缝了寿衣,照了老人像
去年冬天,他选了一片松林
做他百年归山之地
松树茂盛,松针柔软
是理想的歇息地
需要他做的已经不多了
他的一生已经交代清楚
现在他养着一只羊,放羊去松林边
偶尔砍柴烧炭,柴是松林的栗树和枞树
小羊长大了,松林里
只剩下松树,爷爷还活着
村里有红白喜事,他去坐席
遇到的都是熟悉的人
他邀请他们参加他的葬礼

方言认出来的

绿化带里的龙柏,
是松柏的一种,方言里叫爬地龙,
小时候我常用它们编织花环;
龙柏间有蝉蜕,方言里叫知了皮,
可以明目利咽,五元一斤,
这是十年前的价格,现在已无人去捡拾了。
还有仙客来、夜来香、车前子,
我能在方言里一一辨认,
这些像是从童年长出的枝叶,
提醒我过去的生活有迹可循,
也在怜悯我今日的枯竭:
绿化带在遮雨棚下,
我来此避雨,突然看到,
除了童年的记忆,我再无什么可在诗中分享,
雨停了我就离开,和它们也再无联系。

军大衣

爷爷去世那晚,
父亲披着守夜的军大衣,
是建房子那年,旧衣物中
父亲唯一留下的军大衣;
小时候,我们入睡后父亲为我们
加盖的军大衣;三十年前,我来到世上,
父亲顶着风雪回家时包裹我的军大衣。

大地之上

我最熟悉的是泥土：
沙土蓬松，几乎不需要翻耕；
黏土板结，为不耐旱的植物保存水分。

我最熟悉的是泥土上的众生：
雉鸡翻越树林，衔回一天的粮食；
老人登上山顶，为自己寻找葬地。
秋天，树叶落尽，枯枝间露出
一个个巢，枯草间露出一座座新坟。

我最熟悉的是离开泥土的人，
像一粒种子，被掷于田野之外，
独自生根，发芽，将稀疏的枝叶
变成自我荫庇的树林；飞鸟成群，
还如在山中那样叫着；而涌到嘴边的
那句方言，已找不到可以对应的情景。

是我离开了他们

一个孩子在山路上跌了一跤,鼻血直流
他还不知道采集路旁的蒿草堵住鼻孔
只是仰着头,一次次把鼻血咽下去

一个学生放下驼峰一般的书包
从里面取出衣服、饭盒,取出书本、试卷
最后是玩具:纸飞机翅膀很轻,纸大雁的翅膀更轻

一个青年在世上隐身了二十多年
只有影子注视过他,只有词语跟随着他
他想说的不多,活着的路上不需要说太多

都不在了,孩子、学生、青年
都不在了,山路、书包、可供隐身的人世
我曾伸手想要挽留,却只是拦住
想随之而去的我。是我离开了他们。

酸李子,甜李子

晚上我们去果园摘李子,
月光明亮,露水正挂上草尖。
她摘伸手就可以摘到的,
我爬上树,摘挂在高处的。
李子还没长好,
高处的低处的都没有长好。
果肉很硬,酸中带一点甜。
我们沮丧地离开果园,
分开之前她说:我们换着尝尝吧。
我们就交换了彼此的李子,
我一直记得她的李子:
带着热气和香气,果肉似乎也
变软了,甜中带一点酸。

稻穗和稻草

他喜欢在收割后的田野捡稻穗,
稻穗零散,像星辰隐藏于黑暗,
他怀着指认的乐趣,拾起那些金黄的光。

老了之后他更爱稻草,引火的稻草,
搭棚时盖在棚顶遮雨的稻草,
每在夜半惊醒,他伸手到棉被之下,
摸到了垫床的稻草,闻到了一生的劳碌味道。

屋外的声音

一觉睡醒,夜深了,
外面房间的灯还亮着,
父母还在说话,
不用听清他们在说什么,
有声音就够了,
我可以安心地继续睡。
许多年后,轮到我
在夜晚发出声音:
故事讲到一半,孩子睡着了,
脸上挂着我熟悉的满足表情。
夜已深,屋外已没有
为我亮着的灯。
夜风扑窗,汽笛间以虫鸣,
如果父母还在房间外面,
他们什么都不用说,我什么都能听清。

过夜树

锦鸡飞回来了,歇在花栗树上;
灰背鸟飞回来了,歇在厚柏树上;
天黑了,白尾鹞子、斑鸠、喜鹊
都飞回来了,散落在密林深处。
你也回来了,山中还有空枝,
世上已无空地。你如果在树下停留,
就会知道每一棵树都是过夜树,
就能看到儿时那一幕:
鸟群之外,总有离群的一只,
盘旋于林中,嘶鸣于世上。

春 联

父亲裁好红纸,
折出半尺大小的格子;
毛笔和墨汁已准备好;
面粉在锅里,即将熬成糨糊……
父亲开始写春联了。
他神情专注,手腕沉稳,
这是他最光辉的时刻。
他写下的字比他更具光辉,
它们贴在堂屋、厨房、厢房的门窗,
把一个家包裹成喜悦的一团,
直到一年将尽,
红纸慢慢褪去颜色,
风雨最终撕下它们。
父亲买回新的红纸,
他要裁纸,折纸,调墨,熬制糨糊,
他要把这几副春联再写一遍。

给女儿

你生来就会哭泣,
四十天后,你才会笑,
四个月后,你才会笑出声音,
我理解你的不安,
我们也这样,一直这样,
一生不过是对它们的克服。
但你的哭声让人羡慕,
从不作伪,有源头的清澈,
我们已经浑浊,
我们还在为你披上枷锁,
总有一天,你的溪流里会掺杂泥沙,
这是人世的眷顾吗?
这是我们的无能为力。
你对此一无所知,你信赖我们,
我抱你的时候,你也伸出小手抱着我,
我低头看你的时候,你也抬头看着我。

露 水

有一天我起了个大早,
想找个地方看看露水,
去阳台找,牵牛和月季上没有,
去小区绿化带找,
黄杨和桂花树上自然也不会有,
露水总在低处,不沾上你的衣袖,
只是悄悄打湿你的裤脚。
出小区,到农科所试验地,
一块地种棉花,棉桃成熟了,
棉花上沾着增加重量的露水;
一块地种萝卜菜,刚发芽,
叶片上挂着随时会落下的露水。
这是我要找的露水,
找到了露水我也不知道要做什么,
它们很快就消失了,
我看着它们渐渐消失,
就像是我把它们慢慢遗忘。

视 野

小区外面是板桥社区,
几十年前的还建房,正在等待拆迁;
外面有几条铁轨,东南部的火车经此去武昌;
再外面是三环线,连通野芷湖和白沙洲;
最外面,就是野芷湖茫茫的湖水……
我喜欢视野里的这些轮廓,
这些抬头就能看到又不必看清的轮廓,
这些似乎一直如此而让人忽略其变化的轮廓,
它们支撑起我不测人生里的稳定生活,
看书的间隙,接电话的时候,
我就去阳台上,远望以放松,
偶尔看得出神,忘记了说话,
电话里的人说:"喂,喂,信号不好吗?"
我说:"你等一下,这里有一列火车正在经过。"

羞耻可以对人言

母亲在人群中解开扣子
孩子吃着奶,止住了啼哭
当她合上衣襟,神圣的乳房
变回神秘的胸脯
我们袒露过爱,这
不可对人言的羞耻
衰老的狗独自出门
死在离家很远的地方
尿床的少年在黑暗中醒来了
他祈祷黑暗更长一些
他要用身体把床单焐干

琴

拨弄琴弦,那声音
不是我想发出的。
丝弦紧缚,每一根都有
百斤之力。何来悦耳之声,
当它发出声响,
先有一阵颤抖,
是替我说出不安,
也是呼应那些远古的平静:
在山中,在河边,
在清风吹动的衣襟之下,
我让万物开口,而我不再说话,
这沉默才是我想表达的。

虚 构

一个人包含了必要的虚构
履历表上,姓氏、籍贯和民族
并不指向一个具体的人,譬如他在乎什么
是否独自承受,在无门可入的时候

当我描述,虚构随之开始
出身贫寒,所以要求不多
每一点所得像被施舍
每一件事都像在侥幸中完成

在语言里示弱,如抄近路
在纸上涂抹,纸并没有变厚一寸
一次又一次地,我努力把字写好
那过分的工整,像是掩饰在其他事情上的无能

康雪

康雪，1990年冬月生。湖南新化人，现居岳阳。2010年开始诗歌创作，有作品发表于《人民文学》《汉诗》《诗刊》《花城》等。曾参加第四届人民文学新浪潮诗会、第34届诗刊社青春诗会。出版诗集《回到一朵苹果花上》。

一开始就清晰的人，你不用担心他（她）日后的浑浊，那是个人的命运；反过来，一开始就浑浊不堪，日后想要变得清晰起来，就不是那么容易的事情了。在阅读康雪作品的这几年中，真正让我产生过隐忧的是，她由女孩变为母亲这一过程中所激荡出来的情感起伏，就像她在诗里所呈示出的坦然和忧惧一样，已经自然而然地续上了母爱这一伟大的文学命题。当清晰换了一种与生活并行不悖的面貌出现时，就意味着年轻的康雪安然度过了她文学生涯的第一个瓶颈。

　　我们这个时代（甚或每一个时代）不乏早慧的诗人，聪颖是其早期的指征，但唯有进化到智慧阶段，才能匹配生活带来的各种不祥与变故。康雪的诗歌里有一股野生的力量，僻静的烂漫与茂盛的荒凉，如野花与坟堆相互杂陈，她的高明之处在于，始终将它们不加区分地并置在一起，讴歌也是挽歌，赞美也是诅咒。质朴的力量一旦配上清澈的、有颗粒感的语调，就变成了某种悦耳的声音。我相信，这是诗人在不自觉的状态下实现的，真正的难处还在于，当她意识到有人在倾听时，她所流露出来的寻常之心——短暂的讶异，然后迅速回复到原本的情态中，自顾自地哼唱。我也因此赞美这种本色的诗人，她还年轻，还有更多的不祥与变故会与人生遭逢，但这就是生活，写作不过是让我们成为那个倾听心跳、克服心慌的行路人。

沉 默

傍晚,我们沿着
屋后的马路
一直走
一直走
路旁有坟墓,菜地
挂满干果子的树。
太阳一直没有落下
有时我们的影子,碰着影子
差点发出声音。

融 化

有一种鸟叫肯定特别好听。
就像一群孩子,飞快地跑过树下

这时,雪簌簌地
从枝头上落下来

地面的每一双脚印,都会自己走回去
找到消失的人。

百 合

暮色中,能看清的
不止有梨树,坟墓
还有一支开得正好的野百合。

小时候去放牛,也是这样的夏天
我看到了它
我去牵它手,把它领回家
我总觉得
这花儿在赤着脚走路

多美啊,但那时我仍不懂怜悯和
爱,而今悲伤地走在
这僻静的山路,我只侧身让开了它。

静 止

钟表的时间,永远停在了
九点四十二分
零八秒。

与其说它坏了,还不如相信
它对这个尘世,终于动了恻隐之心。

致陌生人

我们都太孤独了。但走进
餐馆
仍会选择无人的桌子

冬天多雨,阴冷
比起开口说话,冒着热气的面条
更让人心窝一暖。

我们都太孤独了
但刚走出门,就闻到腊梅香
像无偿获得一种,很深的情谊。

在小桥村

当我们坐下来,田埂上的芦苇
向里挪了挪位置
田间没有水,几只鸭子在里面走动
像草返青的声音。
我们长久地坐在那儿,没有说话
有时感觉鸭子消失了
我们只隔着,一只麻雀大小的寂静
有时又感觉天色暗了下来
我们越来越小,像两只蚂蚁掉在
同一个牛蹄窝里,不知所措。

良性循环

星期一是个旧巴士。装满了小学生
星期二是一只跛脚的黑山羊
上帝,它的眼睛清亮。
星期三下雨
星期四金黄的稻谷垂在路边,露水被
轻轻碰落
星期五,躯体是灵魂的障碍物
星期六高烧不退。星期日
我捡到一只新的,野生的,可爱的自己。

动 静

晾衣绳上的衣服在轻轻晃动
和风没有关系。

它们动得
那么自在,健康,美丽

我愿意一整个下午,都坐在椅子上
替它们,保持一丁点克制。

回 忆

山崖上有棵什么树开了花
再近一点,红屋顶从竹林里露出来
再近一点,一只麻雀停在马路上
再近一点,护栏上放着竹筛
竹筛里的紫苏有种内向的美丽
再近一点,水龙头在滴水
再近一点,暮色宽松地罩在你身上

再近一点
不能更近了。你正在我漆黑的心底
深一脚浅一脚地走着。

在梦中

重逢时你的样子清晰，笑起来
仍是一个孩子。
我们快速地经历了所有分别的时光
在空旷的雪地。你的一只手搂着马匹的脖颈
另一只手伸向我

这个过程只融化了几朵雪花。
但又那样漫长——

醒来时我仍想着马匹的鬃毛正透着
湿润的热气，你的手指还在轻微地抖动。

我从未这样爱过一个人

在葡萄园里,踩着他的脚印
雨后的泥土,这样柔软
像突然爱上一个人时,自己从内部深陷

可我从未这样爱过一个人。

从未在天刚亮时,就体会到天黑的
透彻和深情。
这深情,必是在远方闪耀而仍被辜负的群星。

我真从未这样爱过一个人。

在葡萄园里,我知晓每一片空荡的绿意
却不知晓脚印覆盖脚印时
这宽阔而没有由来的痛楚。

人只在人前害羞

我想应该一样的。在人前会害羞
在一朵花前,也应该会害羞。

我想应该一样的。看得见的黑暗里有星星
石榴打开前,它装的也是星星。

我想应该一样的。松鼠抱着漂亮的松塔
松塔抱着漂亮的松鼠。

我想应该一样的。相爱时抱着你痛哭
分开时,不知道为什么仍要痛哭。

女 人

只有你知道,她的里面
有星星
她的外面
有落叶的树。只有你知道
她所剩无几的美
也足以怜悯天下

她的双手粗糙。你一触碰
就会流泪。
只有你知道
她如此特别。
她生下的都是君王,以此隐瞒
她君王般的命运。

出嫁后

有一次,妈妈从山里干活回来
给我带了一把狗尾草。
还有一次,我在摘打碗碗花的时候
爸爸递给我几朵紫色的大蓟

这都让我感到难过
我的父母,当了几十年拙朴的农民
突然这样天真、浪漫

这让我想要流泪。我宁愿他们永远保留
那点粗野,认为花草尽是无用之物
我宁愿我们之间
还存在着分歧甚至争执,这多么必要。

喜 悦

在夏季,雾蒙蒙的早晨很少。
啾啾啾……叽叽……咕噜咕噜
那么多鸟叫,忽远忽近。
我穿过一片草地,露水沾满了脚趾
我无比快乐,我总要忍不住
摸一摸
肚子,喔喔,我的宝宝——
风有时把我的帽子吹歪,有时挠着
稻田里几株水草
它们开着白花,它们笑出声来。

水 牛

它吃草的样子,真是温柔。
它的尾巴
甩在圆圆的肚子上,也是温柔

它突然侧过头看我,犄角像两枚熄灭的
月亮,但它的眼睛
黑漆漆的,又像蓄满了水。

我们短暂的对视,再低头时
它脖子上的铃铛发出
轻微的响声——

我们就这样交换了喜悦,我们将
在同一个秋天成为母亲。

道 路

天空中飞鸟的曲线
石头下虫蚁细小的足痕
植物叶脉里奔腾的水

那么多神秘的路途
我永远无法踏入,但婴儿能

我的婴儿刚学会坐立
庞大而美丽的地球在她的臀部下方
缓缓转动

她很快就会行走
她生来就在行走。

成为母亲

昨夜的暴风雨已在万物的回忆中
找到合适的位置
而婴儿还在熟睡,耳廓上透明的绒毛
使梦境的边缘显得情感茂盛。

我依然要在清晨排空双乳
多余的奶水用来浇灌栀子、绿萝和
一片永远凌驾于男人想象之上的
空地。这空地多年后会生出什么?

一个人逐渐褪去少女的羞涩,却又重获
婴儿般的赤诚与骄傲。

时 间

时间从野外回来时携带了一身的香气
但它又如此疲惫啊
得在一个人身上重新开始。

时间敲响了婴儿的房门,它的确疲倦极了
但又如此礼貌——
它进屋前抖了抖蹄上的灰尘。

时间在婴儿身上一鼓一瘪地呼吸
时间如此洁净。

婴儿与乳房

以前不知道，天生柔软的乳房
能变得比石头还坚硬
不知道石头里有河流
河流里有怎样壮阔的温柔与暴力
这暴力是婴儿独自承受的。

以前不知道
不是一生下婴儿就能成为母亲
不是掏出乳房就能轻松地
喂养这个世界
是婴儿，以非凡的耐心
慢慢教会一个人成为了母亲。

是婴儿
让普通的双乳有了潮起潮落
有了月亮一样的甜蜜盈亏
是婴儿，平衡了一个母亲乳房内部
与外界无垠的疼痛。

深处的爱都是很苦的

一只蜜蜂告诉我它最喜欢的花
就要开了
这一生何其美好。

我美丽而纤弱的邻居,在白昼采蜜
我美丽而纤弱的婴儿
正在用第一颗洁白的乳牙
在黑夜采蜜

月光从她的边缘分走一点甜
我却想从她的深渊,分走所有的苦。

胜 利

在黑暗中你脱下衣服。衣服上
因静电闪过的微弱光芒击中了你
这和天幕上的闪电有什么区别。

一朵苹果花避开风　躲过雨
自然地落了。它将顺利地变成一枚果实
这是多么朴素的胜利

你牵着十一个月大的婴儿走在路上
将一条路的平坦走出了跌宕起伏
这又是多么朴素而伟大的胜利。

给女儿之六月

屋后的竹林还剩下一半。
另一半被荒草、洋姜
与坟墓的边缘取代

这时我不再因夏蝉感到焦虑
我已经能站在远一点的地方
看自己

看自己的具体,如何存在于你身上
看自己的虚,就如被
日后的你怀念

这时但愿我笑起来还是
小时候的样子——

和你一样明亮,好看。
而哭泣时,整个世界都波光粼粼

怕黑的人

这时候我还不是妈妈。
我胆小,脆弱。我给头顶的乌云
彻夜点着灯盏。

而如果你也怕黑
我就成为了妈妈。

每一场暴风雨都将俯身穿过
黑夜的拱门
成为我爱你时明亮的佐证。

萤火虫

有限都是好的。
亲爱的宝宝,我们的夏天
即将失去
所有的萤火虫。

但是别太难过。
星光永远在你头顶闪耀

但是如果没有永远
萤火虫也就从未失去——
它们和我的父辈一样
只是在节约用电而已。

臧海英

臧海英,70年代生于山东宁津。出版有诗集《战栗》《出城记》。曾获华文青年诗人奖(2015年)、《诗刊》年度"发现"新锐奖(2015年)、第三届刘伯温诗歌奖、第三届李杜诗歌奖新锐奖、第三届诗探索发现奖。参加《诗刊》社32届青春诗会。

我总觉得臧海英是在用一副沙哑的嗓音在写诗,每当她开口的时候,我似乎都能隐约听见风过沙棘的寂寥与无助,一些纸屑或残枝跌跌撞撞在辽阔的鲁北平原上奔走,四处打探着它们的前世今生。强烈的命运感,以及对自我尊严的寻找和捍卫,构成了至今为止她所有作品的基调,在这些数量并不庞大体量也不惊人的诗篇里,臧海英成功地塑造出了一个面孔清晰的诗人形象:孱弱而坚定,决绝而内省,悲戚的脸上常挂着天然的孤冷。

在当代同龄段的女性诗人群中,臧海英的写作尽管并非自成一路,但已经足以令人侧目。无论是情感的密度,还是语言的强度,她的诗都大大拓展了我们对"女性诗歌"的理解,甚至我们不难看到,那些时不时出现在她诗歌中的强悍和坚硬,改变了以往我们常见的"伤人"或"自伤"写作模式,达成了写与读的双向和解,生活的不幸与生命的圆满在对峙中形成了一条隐秘的纽带,而相辅相存。从这种意义上来反观臧海英的写作,她的独特性其实仍然需要发掘和强化。

星空下

站在老家的院子里
我无法告诉你,满天繁星
手机镜头里,也一团漆黑
我只能告诉你
今天,我又写了一首失败的诗
我的沮丧,是无法描述星空的沮丧
我啊,其实一直站在
星空与残稿之间
——一个笨拙的转述者
他结结巴巴

西 行

一想到死在路上
就心生悲凉

一想到身边将升起鸟鸣
而不是亲人的哭嚎
又心生安慰

一想到尸身将引来虫蚁
忽有一种慈祥

在海边

我往海水里滴蓝墨水
滴下去就没了
再滴,再没
……

如果你去海边
看到一个手拿滴管,蓝色的人
请把她领回来

她离开我已经很久了

囚 徒

我常思索:如何做好一个囚徒
如何让身上的绳子更紧一些

每次放风回来,我都有新的启示
譬如:拿回一块石头

"孤独是一种技艺。"绳子说。
为了打一个死结,我日夜揣摩

小窗处传来的断喝,是事件之外
我没打算放手

每一天我咽下碗中的食物,确信饥饿的存在
每一天我走向人群,练习怎样离开他们

城中河

河水污染了
我扔石块,它吞了下去。我扔更大的石块,它又吞了下去
我停下来。我暂时还没有更多的石块

单身女人

我感到羞愧
为何不把自己交给一个男人
哪怕他是一道伤疤
一块腐肉
哪怕他是酒鬼,赌徒,家暴实施者

他们说:"不是一个弃妇,就是一个荡妇。"
我感到羞愧
哪一个我也做不好

洗澡时,看着自己的裸体
我感到羞愧
它那么无知,又无畏

发光体

我有反复灼伤眼睛的经历
我被光芒吸引
又涕泪横流

现在,我双目失明
内心明亮
接近于一个发光体

在鲁西北

我不敢冒犯一块土地,我的母亲睡在土里
我不敢冒犯一棵庄稼,我的父亲种下它们
我也是他种下的。生下来,就接受泥土的教育,安插在土里
我的尊严也在土里,它让我拒绝天上的事
一生都俯着身

为母亲守灵

给长明灯添了灯油后,父亲哭了
哭着哭着,哭成了一个孩子
抱住我哭。哭着哭着,哭成了一对兄妹
哭着哭着,哭成了两个孤儿

乞讨者

公交站牌下：
她矮小的身体和我一模一样的
她颤抖着伸向路人的手和我一模一样的
她同样颤抖着蠕动着的嘴唇和我一模一样的
她低下去又抬起来的眼神和我一模一样的
她裹着破旧的棉衣犹豫地缓慢地穿过冬日的人群和我一
　　模一样的
……一模一样的

当她走向我,我迅速地逃开

画 鹤

想画一只白鹤
一只白鹤,在我心上描画无数遍了

——眼里的薄霜,羽毛下的孤寂
它越来越具体
我甚至感到喉咙里,有它游丝般的呼吸

我拿起笔,它飞走了
我放下笔,它又飞回来

一只白鹤,养在我繁杂的日常背后
它单腿站立

在半空中上班

坐在康博大厦二十四楼
我怀疑现实的真实性
地面上的事物
纷纷缩小了比例,给我看
相比他们,我并没有离天空更近一些
相反,它的高度和广度
继续扩大着我的小
但我已放弃返回地面的机会
自愿在半空中
做个双脚悬空的人
我的工作,就是日复一日
坐在办公桌前,给天空写信

刀 锋

那些年,你一直活着
那些年,我一直活在你体内

头晕,贫血,虚脱——让你筋疲力尽
弃学,出走,离家——让你难过

被你孕育着,我怀疑你
被你抚摸着,我厌恶你
被你紧抱着,我离开你

那些年,我一直在你体内
一直站在父亲的一边,反对你

现在,我的孩子也在反对我
我感受到了,你在我身上感受到的刀锋

在德州

1

去锦华大厦上班
写字,养命

去旧货市场,拉一件旧家具
旧一点没关系,瘸一条腿也没关系

回宋官屯前,买一捆青菜
只买那个断指女人的

2

阁楼的墙体,很薄
于是,这个冬天,我盖三层棉被
儿子在的时候,不同
室温会上升7度左右

他轻轻地哼唱,我欢快地杀鱼

3

试了几次,没法把那枚铁钉
送进墙里

隔壁夫妇,却把骂声递了过来
很像我和德州的关系

他们丢弃在楼道里的那盆兰,一直活着
蒙了厚厚的灰尘后,还是活着

4

在晶华路中间的黄线上站着
左右是两股相反的力。一辆辆车过去
好像在磨刀

我会锋利,我也会卷刃
躲着那辆大货车

5

牙疼,缓慢地啃一块苹果
想母亲。静静看着炉上
文火熬煮的汤
等着天黑
等着水花翻滚,骨肉分离

电话里,父亲的耳朵越来越聋
气息越来越弱

6

夜里,烟灰引燃了被单
火势,像爱上那个男人,控制不住
端了盆水
惊慌地泼冷水

蹲在地上,捂住脸
一些疼痛,又让我
捂住胸口
捂住肚子

7

捂住私处

病

他们给我安眠药,抗生素,爱情,经文,酒和利刃……
每个人,都以为可以救我

我走向旷野。我需要大风,雪,河流,芨芨草……
我需要大地,这张处方

偷生记

我用另一个名字
把写作中的我,和生活中的我分开
我多么想,摆脱自己
狼狈不堪的命运
这段时间,我的文字里
果然都是清风明月
虚构出来的幸福,比现实还要令人感动
我也真就以为,自己多出了一条命
从此过上了另一种生活
而被我弃于现实的那个人
常常闯进来,让我不得安宁
她塞给我一地鸡毛
让我承认,那才是我
让我承认,偷生于另一个人的生活
是多么虚妄
逃避、怯懦、自欺欺人
——我也为此羞愧过
但我真的不想,在困境里一而再
再而三地挣扎下去

无 用

就是要自己无用。
一棵树
放弃做一把椅子,一张床,或一副棺木的可能性
放弃点燃
一个人
拒绝成功学,干着无用的活计
食不果腹,却满心欢喜

满心欢喜
也是一种有用啊
我已经不再问自己
为什么写诗

安 妮

家住俄克拉荷马州的艾比
怀孕19周时,医生告诉她
胎儿患有绝症。明知女儿
只能活几小时,她还是生下来
取名:安妮

14小时58分钟
安妮都在母亲怀里
她的父亲、姐姐围绕着她
为她读福音书……
晚上11点,艾比听到安妮
最后的喘息

"她的一生都被爱
被欢乐和温暖包围
没有悲伤"

读诗记

策兰用"刽子手的语言"写诗
茨维塔耶娃,不能获得一份洗碗的工作
布罗茨基,被驱逐出境
我年轻时失去故乡,中年又失去第二个故乡
从这里到那里

今晚,曼德尔施塔姆在流放地说
"我已虚弱到极点"
哦,这正是我要说的。我获得了犹太人的命运
却写不出那样的诗句

曼德尔施塔姆又说
食物和钱对他已没有意义
这句话对我同样有用

母 亲

土层下的人,借助青草
把呼吸递上来
我的母亲也是这样
她不知道自己还活着。不止一次
来到我的身体里,让我完成
她还没完结的一生
并分担我在尘世的痛苦。深夜
我坐着,她就陪我坐着
有时忍不住,我哭
她就默默承受我的泪水
我的单薄,脆弱,只有她看得见
却不能伸出一双手来
也不能发出声音。在另一个世界
她一定是焦急的
在另一个世界,她一定
为我做好了棉衣,却想尽办法
怎么也送不过来

墙壁记

阁楼倾斜的屋顶,常常撞头
我捂着头。
在寄居的小城
我也常常看见一个被撞倒的人
挣扎着爬起来,仿佛
替我爬了起来
而一个泥瓦匠
找不到欠薪的工头
他蹲在墙角,抱头痛哭的时候
一个莫名的失败者
也在我身体里,捂着头
他疼痛,脆弱
说不出墙壁在哪

发声学

我听出鸟鸣中特别的一个

它是怎么做到的
神秘的天赋?
多年的练习?
一只鸟始终在飞
在找自己的声音

也是离开同类的一个

整个清晨,我都想找出这一只
在众多的声音中
努力发出属于我的

写下的部分

——无不在展示我的匮乏
也成为我反对自己的证据

作为一种羞辱
它们保留下来

现在,在隔壁房间
我没有再让人读到它们的愿望了

可我还是在写
我只能这样认为
"我知道了自己的有限
还在自不量力……"

我能不能这样认为
我写下的,并且还在写
只为了一首诗的出现
一首不可能之诗

陈小三

陈小三,又名巫嘎。1972年11月生于福建谢地村。"三明诗群"成员。作品散见于各类诗刊。曾获水沫诗歌奖、后天诗歌奖。著有诗集《交谊舞》。现居拉萨。

等了几年终于等来了诗人陈小三的这批新作(其实是两组作品:西藏书和悼父诗篇),不出所料,依然保持了高水准。我的意思是,这些诗无论是从材质还是从工艺的角度来讲,都具有不可替代性。事实上,我早已暗自在心底将他视为现代汉诗在西藏的见证人,或者说,我希望他的书写能够将汉语新诗的触须伸展到那片神秘的异域。现在看来,这样的期待是值得的。陈小三是当代中国诗坛非常奇异的一个存在,淡薄与冷峻,热烈与坚硬,桀骜与随和……总之,他是一位具有天然的诗歌质地的诗人,这样的诗人一旦处理好了与生活之间敏感又多舛的关系,将会释放出绵绵不绝的诗歌能量来。

如果说,以前我认为陈小三是非常擅长写"孤独感"的诗人,是那种始终保持着对生活和世界的某种疏离感的诗人,那么,从眼前的这批作品中我们看到了另外一个陈小三:在高蹈的生命意志与卑微的日常生活之间,不停侧身,不断回旋,越来越从容的诗人。从拉萨到谢地,再从谢地到拉萨,即便是在对最难以释怀的亲情书写中,都有一种达观而开阔的力量在涌动。我想,这才是一个全球化时代的诗人真正的异质性。

喜马拉雅运动

村里的牦牛退到了山脚
藏北的野牦牛逼近雪线

拉萨小檗叶如红纸
野丁香枯黑，泪痣般的枸子
刺玫之刺苦若焦糖
我辨认着风的颜色
仍在周末爬到半山

悬崖上，阿尼的白云之路
步入寂静的尘土
修行小屋是一块石头
门窗紧闭，门前的独活
拆除了倒伞形的花伞
撒下明年的种子，我身边
伟大的玛尼堆是三块石头
的造山运动

与一个地质年代名词相互辨认：
新生代第四纪全新世，人类世
辨认山顶的一只鸟：飞机里
装着下山换季的游客

天葬台上方，一只鹰鹫向我俯冲
索取它的前世:恐龙灭绝的那一天
前足化作翅膀飞上了蓝天

冬日工作

我仍淘旧书:在废纸收购站
做印刷品值钱程度的
审查分级工作。蹲久了站起时

看见四周严肃的枯山
如奥登著名的脸,因为流亡
布罗茨基命名了它。在明天的纸浆中

再蹲下,秋衣与秋裤之间
露出了破绽,如同碘酒在那里消毒
风的剃刀舔着,顺着脊椎

爬上稀薄的后脑勺,这高寒的权力
让我在几本藏文版《圣经》
与汉语版《圣经》之间犹豫

神说各种语言,但在我的网上旧书店里
只有一种:含有敏感词,请修改
无法上架,也无法免费结缘

野兔与一堆冰

我拍下了干旱的山上一堆冰
照片外面一只野兔
消失在左边薄暮中的灌丛
跟随着它跳跃在
坡地的石头之间
直到它化作刺玫架前的这堆冰

夕阳从身后废弃的采石场
移到了对面秋日的山顶
铁丝网圈养着石头
像翻开土豆,沙棘熟透
糖浆欲滴,野兔如一堆冰跳跃
消失于刺玫健壮的老刺
吸吮着刺破的冰棒手指
顺着模糊的卡车车辙
(车辙外一条深深的裂谷
升起寒意)
一头牦牛如守卫
在栅栏门外恭送我们出门
恭送我们回到我们的圈养地

白云出城

正午,地球停止转动
脚跟后坐,牢牢地钉在地上
它与烈日在顶牛

在拔河,裸露的喜马拉雅群山
没人对爬坡的我叫一声
嘿,你身后有一群牦牛

直到一阵清风
把我从昏沉中唤醒
眼前白云耸立
在西边的山梁
投下巨大的阴影
更多白云翻越山梁出了城
公交车永远在城里打转
啊,那清风来自山顶寺庙旁的
一棵树

色拉寺,一棵大树

色拉寺后山一棵树
胸前的牌子上
树龄从园林局的百年以上
被改成了五千年
这个人一定是个孩子
干了件大事
一个朝圣者
一个从藏北远道而来的牧民
看到这棵大树,但不像我
我有很多的话要对它说
却只在树下的富氧中
抽烟,昏昏沉沉
他数过树叶十万片
然后更正了那块铁牌
向这棵五千年的树
合掌致意:扎西德勒!

肉边菜

入秋后,村里的牦牛在房前屋后走动
翻垃圾桶,妻子把菜叶果皮留着
听到哞的一声
就下楼开门喂它们

它从手上吃着菜叶果皮时
温热的舌头舔着手心
吃着肉边菜
吃完再哞的一声
摇着尾巴说谢谢

那天她在乡政府与村委会街口
看到有人卖牛肉很新鲜
想买最后没有买
摆在边上的牛头瞪大眼睛
作证它的肉
——就是他啊
在山上我们也遇到过他
额头上有白斑点的那头牦牛

刺玫果之味

吃点吧——这声音在我心中回响
在帕崩喀天葬台左上方
山谷里的小路上
一个藏族少女递来她的手
手掌上红红的刺玫果轻轻散开
吃点吧,她说

不要吃荨麻,它会划破你的喉咙
也不要猜疑米拉日巴曾以此为食
大道荒芜,不要寻求捷径
这条转山道走的人少了
就快没有了路
不要在泉水边抽烟,不要用
抽过烟苦涩的嘴吃果子
不要渴望返老还童

吃点吧——这少女卓玛的嗓音
在我心里像一支歌
上升又下降到另一个山谷
遍布的刺玫果由酸涩转为甘甜
从多刺的枝头分离
滚落进深深的山谷

杀柚与羊

中秋节,妻子买了个大柚子
福建政和柚,圆润饱满
坐在桌上如一尊金黄的菩萨
我没有杀过鸡鸭,杀柚
也非我的惯用语(我说剥柚)
但我操刀,在它浑圆的身上
从头到脚,划下交叉的十字
"柚子甜蜜,并且善良"
昨天,妻子又说,天气越来越冷了
哪天去清真寺那买条羊腿回来
我说好啊——我又杀了羊,杀了
羊的咩咩声——因为同时我心里
涌上了那个洋洋得意的句式
那一句颂词:羊肉味美,并且善良

晚　祷

落日如一堆篝火在山脊燃烧
周围荒凉的山峰向远方
展开，又合拢
如同一堵堵寺庙的黄墙

金色的夕阳洒在这座高原之城
洒在大昭寺的金顶上
给转晚经的朝圣者镀金
也给东郊废品收购站
最后一批送货的拾荒人
刚到手上的纸钞
镀金

日光城

冬日凌晨
冰冷的日出时刻
太阳的布施从一只乌鸦开始
它们从哪个黑暗的巢穴出炉
黑脸闪着金光
嘎嘎的叫声
如高寒而热烈的福音
撒遍山谷里的村庄

逆光中那两只乌鸦
一架直视太阳的望远镜
熔化在屋顶

加尔西村周日的足球赛

在娘热沟加尔西村
康桑农民旅游服务合作社前
新修的水泥广场上,周日的孩子们
在踢足球,玩山地车,车把上挂着
漂亮的乌尔朵,牦牛毛编织的
古老的抛石器,放牧的延长的鞭子
他向我们展示了技艺,啪的一声
向远处正在返青的山冈望去
一头牦牛也抬眼望向我们
足球飞向我,我放弃了
再抽一支烟的打算
慌乱中想伸手去接而缩手
我追上了它,笨拙的脚停住了球
转一圈,踢给左边的扎西之后
脚感到了无处落脚而落下
又像瞒过了一次非我所能的
任务后的侥幸和轻松
有一点羞惭,而他们没有此念
他们三个正在进行激烈的抢球过人
另外一个远远地观战
他们分别叫:扎西,洛桑,旺堆和次仁
而我没有名字(我的钱包里装着

身份证、暂住证),他们不会
也不需要问我的名字
(我想告诉他们)
一个普通陌生的大人,或一个游客
(我想告诉他们我来自哪里
我的村庄,我的童年)
因为春日踏青,来到这个海拔四千米
山顶的村庄,看身边的新柳拂着对面
南山的雪

打 水

从色拉寺后山打水回来
灌木丛中的沙路沙沙沙
仿佛通向大海的海拔 0
秋风吹着脚趾,我的沙滩鞋
应该换成登山鞋了
接着是 325 级石阶
双手中结实的泉水使我平衡
但数数一再错多对少
注视石头上的绿度母
天蓝的药师佛和怒相护法
"度一切苦难病痛无明"
上山时我两手空空错少对多

那个赶墟归来为我们兄弟姐妹
带回甘蔗的人不在了

黄昏,我在村口等待的那个人
赶墟归来带回盐、灯油和甘蔗的父亲
一小截甘蔗,母亲用菜刀将它分为六片

三月,我们送他上山
回到他空出来的堂屋上厅里
雨后明亮的阳光从天井照下来
叔婆、兄弟姐妹、姐夫、妯娌
和孩子们挤成两排照相
孩子们在他的新坟周围
密密地种下了黄豆

强 项

父亲的葬礼期间
舅舅为我捉癣,偏房外水井旁
点燃一支香在我脖子上熏了熏
嘴里念念有词,突然伸手一抓
嚯的一声扔进脚下的一块石头里
转身,重新成为亲切的舅舅
关切地再次问起我的生活
六个月后,秋天的一天傍晚
从色拉寺后山打水下来
在 325 级石阶上
我确切地感觉到那顽癣好了
(悲伤,软弱,强硬的
右后脖颈,涂着药膏
在梦中一次次将它挠破)
就像石头上蓝色的药师佛
用泉水抹去了那梗着的脖子
谢谢药师佛,谢谢舅舅

父与子

我握着父亲的手
看着父亲停止呼吸
另一只手贴在他的额头上
感受着他的余温
默默站着——叔婆跨进房间
惊呼,不好了
你不知道你的父亲去了啊
我知道,知道的,叔婆
——也是对闻声赶来的大哥说
二哥去拆门板
在堂屋搭起灵堂
我收回双手紧握成拳
这就是一个儿子最后所做的
两手空空紧握成拳
击打,一月冰冷的空气
躬身站着,头抵穿过窗棂的晨光
父亲终究不假外求
轻轻吹熄了油灯,但不再起床
这非父亲之意,依他的性格
他甚至愿意自己收拾自己的遗体

一个忧愁的梦

为父亲守灵的一晚
我打了个盹
梦见一个人站在地球前
就像赏月那样看着

不知是什么时辰
是夜晚,没有灯火
周围也没有星星
阴天白日,但没有雨意

我口干舌燥,站着却感到胸口
压着一块巨石
挣扎着从站着中站起来
那块石头终于滚落溪谷

眼前灰白的地球让人忧愁
抬脚要登上它时我醒了过来
看见我的兄弟坐在父亲身前
弟弟说:快天光了

天井屋檐上两颗晨星
一角雾中残月
父亲,那梦里我站立的是哪一颗星?

父 亲

父亲总说我离家太远了
有时打电话都感觉
够不到
如果我离家不是这么远
父亲也许会活到一百岁
我真后悔
越过喜马拉雅群山
不朽的房地产
从拉萨我一眼看见了谢地
父亲留下了一幢老屋
——父亲留下了地球上的宅基地

神迹:仓央嘉措情诗最后一首

脚印留在雪地上
他未行神迹
被诏执京师
离开拉萨,踏上风雪之途
他未行神迹
他死于青海湖边
未行神迹
他在最后一首诗里
祈求一只野鹤借给他翅膀
到理塘转转就回
在拉萨的一个酒桌上
我听人高唱过这首诗
酒神附体使他的面容晦涩
去了转世的理塘,大汗淋漓

玛吉阿妈

仓央嘉措情诗第一首
创造了一个词：玛吉阿妈
同时包含了明月
母亲和少女

槐 树

槐树，1971年生，出版诗集《爬》(2005)、《给石头浇水》(2018)，曾获第五届"或者诗歌奖"，首届"湖广诗会年度诗人奖"。现居武汉。

我越来越觉得,在这样一个几近失真的年代,谈论一首诗的好坏已经没有多大的意义,反正人人都人微言轻,反正所有的好都面临被一次败笔瞬间勾销的命运,与其耿耿于怀于一首诗的得失,不如让我们专注于一个诗人的好坏:他是否能够为我们提供新鲜的语言或生活经验,他是否可以满足(哪怕是部分满足)我们的阅读期待,简而言之,这位写作者是否是我们喜欢的那类诗人之一——也许,"喜欢"这个平白通俗的词汇,才能真实体现出眼下我们对一位诗人的判断。

槐树就是这类令我喜欢的诗人。我喜欢他腼腆沉稳的性格,也喜欢他一意孤行从不讨巧的写作风格。在槐树这里,诗歌被完全彻底地简化成了一种"分行"的形式,不承载任何传统意义上的"诗意",也因此最大限度地解放了诗歌的能指与所指——诗成了一种无所不指的东西——他甚至用"P"来指认自己的书写行为。我曾在一篇文章中说他像一个"手持圆规、卷尺的测量员",大量的数据、量词出现在他的诗歌中,而他只使用非常少的动词,譬如"看""走""写""画"等这些司空见惯的基本的动词,来处理他和这个世界的关系。如果你相信,词语是一个写作者对待生活的最终态度,那么,你就能在槐树的身上看到我们每个人都曾有过的单纯,并从中生发出另外一番感动:生活总是加法,而这个人还始终保持着对减法的浓厚兴趣。一味地减下去,就等于迎面撞上了一位赤子。

槐树诗选

跳房子

找一块开阔的地方,划出纵二横五的格子
算是一座房子
甲和乙分别把守左右两个单元,推动
自己的瓦片
甲经常把瓦片磨成四方形
乙的瓦片是圆形的
丢在家门口的那些瓦片
胜一局,甲就在用过的那块上刻一条槽子
乙的瓦片上做不做标记
甲不知道
甲也从来没有把在瓦片上刻槽子告诉乙
甲乙在一起跳房子
从小跳到大,直到
甲不知道乙住在哪个地方
乙也不知道甲住在哪个地方

野花的名字

山上的每朵野花都有一个名字
形状相同却名字不同
多么有意思
有的形状不同却名字相同
多么有意思
山上那么多野花
每朵都有一个名字
却没一个人在山上
把她们的名字一个个叫出来
山上还有更多的野花
在去年或去年的去年就凋谢了
她们每个都有一个名字
她们凋谢了
而她们的名字还能够在风中发出声音
当然这是我杜撰的
她们的名字不可能发出声音
但她们每个都有一个名字
一直留在山上
没有人能够把那么多的名字
带到山下

秋色赋

我们说树叶黄了
其实眼前的树叶
有的还是绿的
我们说树叶黄了
我们是说那些前些时是绿的树叶
现在是黄的了
我们是说那些还是绿的树叶
很快就要黄了
我们是说那些部分是绿部分是黄的树叶
很快就要全黄了
我们说树叶黄了
我们说的树叶也包括
那些前些时是绿现在是红的树叶
我们说树叶黄了
其实我们应该说
它们红了

梁 祝

她总是回忆他的样子
他总是回忆她的样子
她不知道除了回忆还能做什么
他不知道除了回忆还能做什么
他的样子在她的头脑中一点点模糊起来
她的样子在他的头脑中一点点清晰起来
后来她总是回忆他说的话
他还是回忆她的样子
后来他的话她一句句都回忆起来了
他不知道除了回忆还能做什么
后来他回忆她说的话
她的话他一句也回忆不起来了
后来他们两个慢慢变成了一个样子
两个飞到一起
什么话都不说

十五就挂十五的月亮

昨天的月亮和今晚的月亮
是几个月亮
明天也有月亮
明天的月亮今晚的月亮和昨天的月亮
是几个月亮
昨天之前的月亮
明天之后的月亮
每天都有一个月亮
那么多的月亮
如果都挂在天上
那挂得下吗
老王说，今天就挂今天的月亮
如果是明天，就挂明天的月亮

自画像

我用白色的颜料
在白纸上画
我的自画像
我把白色的颜料涂在白纸上
我的头发是白的
我的脸是白的
我的整个身体是白的
我的朋友你们看
连我的表情也是白的
其实我是想告诉你们
我的内心是白白的
我想如果我在纸上禁不住流泪
那么我的眼泪
应该也是白色的

登黄鹤楼

我们从一楼上到二楼
在二楼的回廊上走了一圈
看了看四周的风景
然后从二楼上到三楼
在三楼的回廊上走了一圈
在三楼的回廊上
有人背诵起古诗
欲穷千里目
更上一层楼
我们又从三楼上到了四楼
在四楼的回廊上走了一圈
我们在四楼停留的时间很短
又从四楼上到五楼
在五楼的回廊上照样走了一圈
看了看四周的风景
然后一口气从五楼
走了下来

一首 21 行 236 字的诗

我看见一棵光秃秃的树
我看见树的主干从地面笔直地伸上来
在两米左右的地方
树干分成两个分支
我看见其中一支弯曲着向上伸长
在半米左右的地方
那根树枝又分成两个分支
我看见其中一支斜着向上伸长
在一米左右的地方
那根树枝又分成三个分支
我看见其中一支继续斜着向上伸长
在不到半米左右的地方
那根树枝又分成五个分支
我看见其中一支继续斜着向上伸长
在很短距离的地方
那根树枝又分成很多个小的分支
我看见很多个小的分支向不同方向伸长
无数个小的分支向不同方向伸长
我看见无数根小树枝上都没有树叶
只有像天空一样的
空气

150 个字符数的作品

在我们最远的记忆里
是一只野兽跟另一只野兽捉迷藏
后来一只野兽捉到了另一只野兽
在我们不太远的记忆里
是一只野兽跟一个人捉迷藏
先是一只野兽捉到了一个人
后来是一个人捉到了一只野兽
在我们最近的记忆里
是一个人跟另一个人捉迷藏
先是一个人捉到了另一个人
后来是一个人捉不到另一个人
所以另一个人在我们的记忆里
一直是挺神秘的

我们谈一谈天气

我相信我们周围的天气一直被一个人控制
他玩着一个巨大的骰子
他的骰子一样是六个面
骰子停在晴上
天气就转晴
骰子停在多云上
天气就转为多云
骰子停在雨上
天上就下起了雨
骰子停在雪上
天上就开始下雪
骰子停在风上
地面上就开始起风
骰子停在霜上
地面上就是霜降
我相信我们周围的天气一直被一个人控制
他的骰子丢的是什么
天气就变成什么
老王,你说我们周围的天气不是由那个人控制
你说我们周围的天气是由什么控制

天上的秘密

在魏晋南北朝
有很多爬山的人
他们爬到山顶上
看到了
天上的秘密
接着还是
那些爬山的人
连续爬上了
很多的山
他们装着很多个
天上的秘密
后来是那些爬山的人
他们的行踪
也变成了
天上的秘密

死去的一直是别人

死去的一直是别人
这句话
是米歇尔·德·蒙田说的
最后马塞尔·杜尚指定它
作为自己的
墓志铭
我在搜狗上搜索
没有一条相关信息
我在百度上搜索
也没有一条相关信息
谷歌点不开
我的意思是
死去的一直是别人
这句话
大家不应该
全然不知

126 个字符数的作品

一首诗也就差不多结束了
你看到了倒数第十二行第十三行
一首诗的形式
只是想让你特别注意
我这样写一首诗
我想告诉你
你看到倒数第七行之后
看倒数第五行和第六行
你继续往前看
我希望你从倒数第一行看到了倒数第四行
我写倒数第三行
我接着写倒数第二行
我从一首诗的最后一行开始写起

无题贴

我站在一幢楼房的
大玻璃后面
看着一条直线
从楼房前的树林
往北延伸
那条直线穿过
两排不高的建筑物
跨过一座立交桥
往北延伸
立交桥过去
是一条绿化带
绿化带过去
是一片密密麻麻的房屋
直线穿过绿化带
接着穿过那片密密麻麻的房屋上空
继续往北延伸
直线穿过一片宽阔的湖面
到达一片群山脚下
直线继续往北延伸
直线穿越群山
穿过群山的直线
我想它一定还在继续往北延伸

只是我看不见
我经常站在一幢楼房的
大玻璃后面
看着一条直线
往北延伸
我想那是只有我
才能看见的一条直线
那里其实
没有一条直线

无题帖

我先是坐在靠背椅上
接着我把背靠在
靠背椅的靠背上
我的上半个身子
朝椅子的右侧倾斜着
我闭着眼睛
我用右手托着右脸颊
我用左手盖着左脸颊
我把大半个身子缩在
靠背椅子里
我感觉只有这样
我才能体会到
那个叫虚无的东西

无题帖

墙上有两口钉子

两口钉子挂过东西

但现在挂过的东西已经不在墙上了

两口钉子钉在墙上

好像丝毫不能动摇

我在两口钉子之间

反着钉了一口钉子

那口钉子好像是穿墙过来的

我在两口钉子之间

反着钉一口钉子

不是要在墙上多挂一件东西

我在两口钉子之间

反着钉一口钉子

是要在一个平面上

同时呈现一个事物的

正面和反面

纸火车

我看着楼下
两根并排的铁轨
一列火车开过去
火车开过去了
两根并排的铁轨
看上去是
那么空虚
接着我在一张白纸上
画了两根
并排的直线
白纸上的两根并排的直线
看上去是
那么空虚
我想像着一列纸火车
从白纸上开过去
我想像着
我就坐在
那列纸火车上

无人宾馆

我闭着眼在白纸上画一条横线
接着在那条横线上下
画很多条横线
然后在白纸上
画一条竖线
接着在那条竖线左右
画很多条竖线
我想那些竖线的部分
应该与那些横线
部分相交
或部分不相交
我想在那些横线与竖线之间
好像还缺点什么
所以在那些线条的左上角
我接着画了
一个三角形

这不是一首诗

我在纸上
写下一个字
接着
我又写下
一个字
一个字
接着一个字
我在纸上
写下了
很多个字
我写下的
这些个字
这不是
一首诗

颜梅玖

颜梅玖,笔名玉上烟。供职于宁波《未来作家》,编辑。著有诗集《玉上烟诗选》和《大海一再后退》。有作品被译介到日本、美国等。获人民文学年度诗歌奖和辽宁文学奖等奖项。

颜梅玖的写作经历了一个由激越到平和的过程,从早期充满女性觉醒意识的刺痛感,到如今舒缓自如的浅淡风格,无论这样的调整具有多大程度上的主动性,都足以证明她是一位敢于与生活并辔而行的诗人。其实,相较于她的诚恳,我更看重的是她在文本上所体现出来耐心——那种对细节的刻画和把控能力,以及徐徐推进的节奏感。从美学倾向上来看,她并不是一位特别独特的诗人,她的书写带有这个时代诗歌群体写作的普遍性,正因为如此,选取她作为样本,可能更具代表意义。

颜梅玖的诗(几乎每一首)存在着非常显明的"散文化"特征,但又达到了散点透视的效果,松散的语句被某种凝神贯注的力量提系着,时常能激起阅读者"意欲何为"的好奇心来。"诗意"在她的写作中总是不经意间的东西,甚至是隐性的,从来不以突兀的面貌出现(哪怕是当年那批貌似激愤的《婚姻之诗》《乳房之诗》等系列),这与我印象里的诗人形象保持着整体的一致性(尽管我从来没有见过她)。诗歌的神秘性有时候的确需要诗人在生活中抵达,而究竟是诗歌成就了诗人,还是诗人成就了诗歌,最恰如其分的结局可能是两相呼应吧。

读茨维塔耶娃

她拿出了自己亲手编织的绳套。她看了一眼乌云下的叶
　拉布加镇
"我可以动用祖国给我的唯一权利"。她想

她把脖子伸进了绳套。卡马河依然平静地流淌
而俄罗斯整个儿滑进了她的阴影里

秩 序

楼前的空地上,一群鸟儿反复转圈
它们保持着整齐的队形,仿佛在举行一个仪式

黑色翅膀,在空气中划了一个又一个圆圈
这些圆圈像钟表

时针可能指向下午任意一个时间
我想起内瓦尔那句:"十三点到了,这还是一点钟。"

我相信翅膀一定划破了空气
时间在走动,但空气又迅速恢复了常态

当鸟群散开,一定还有什么留在原地:
像这首诗。那几乎是可以触摸得到的

父亲的遗物

父亲没有留下遗物
那只老式的旧手表,在生病前就不知去向
小提琴和柳条箱
是他下放在小山村时所带的全部家当
如同一部旧电影里所看到的
我因此觉得父亲与众不同
但不知什么时候都被母亲丢弃
在母亲家
我找不到父亲一点遗物
手帕,烟灰缸,帽子……
它们随父亲一起消失了
我知道母亲看到那些,会难过
我知道它们被母亲藏到一个永远找不到的地方
但就在去年夏天
在母亲的床底下,一堆旧物间
我看到了父亲曾藏在柳条箱里的那本书:
《演员的自我修养》……
算起来,这本书在我们家已经潜伏近五十年了
小提琴从没发出过声音
书,也不曾在月亮下翻看过
一个想当演员的帅哥
一个因家庭成分而不走运的男人

成功地控制了自己的生活——
瞧,他悄悄地将他的梦想藏在黑暗里
不为人所知
我带走了它
当我研究装订线、繁体字,泛黄的纸张
突然有什么浮现了出来:
不是别的
是父亲的脸,害羞的……

小 路

我独自在一条小路上散步
不知它尽头伸向哪里
也不见有人经过
小路两旁是苍老的银杏树
刚下过雨,鹅黄的叶子
结满了颤动的水珠
它们簌簌飘落
这里,再厚的落叶也无人打扫
我久久地凝望着清冷的天空
孤零零的远山

前方几十米处是一个幽暗的水塘
不时传来鸟鸣声
当我慢慢走近
池塘左侧,出现了一个墓碑
我小心翼翼地蹲下身来
上面的字已经模糊不清

我徘徊着,全身突然起了凉意
"通往墓地的路是最安静的
你要吸取教训"
"大喜鹊与乌鸦在墓地争鸣

难不成那些鸟儿真的与死魂灵有牵连"?

两位朋友的对话突然让我意识到
小路的一切都不过是幻觉
所有的,仿佛并不曾存在,包括我
也像离开了人世很久的人

想起夏天

我们来到一个陌生的小镇
土墙上爬满了各种植物
绿色的或者褐色的
河边,一个古铜色皮肤的男人
正在撒网
阳光让他的皮肤更加闪亮
后来,他离开了河边
这让他的网
充满了悬念

不久天阴了下来
我们采摘了河边的一些豌豆苗
还有秋葵
前面有一片婆婆纳,小小的
开得到处都是

我们被飞鸟吸引到田野
天空布满了黑漆漆的乌云
一排排甘蔗正在等待收割
或者,在等待雨的落下

一群白鹭从我们面前飞过

凭着高超的飞行技艺,搅动着田野
雨落下来了
一切都让我们感觉清凉

我们在田埂上慢慢地走着
接着走向另一条

樱 花

赏完樱花回来，我开始煮粥
我在白米里先后加上山药，花生和紫薯
我站在窗边
一边微笑着摘扁豆
一边想着甜美的樱花

小闹钟发出轻微的声响
就像花瓣在轻轻飘落
橘黄的月亮，今晚熟透了
多好啊
清凉的北斗河也发出樱花的香气

好多天没有这么暖和了
沿着河边
我们肩并肩走着
我们说着樱花，樱花

我们都那么喜欢美好的事物

有时候，我也不那么悲观
比如下午

我们步入一大片一大片云朵里的时候
我们很近，你穿着格子衬衫
不时飘来若有若无的麝香

与父书

爸爸,见你之前
我在半山坡的槐树林走了很久
人生至此
一草一木,都让我珍惜。这些年
我不比一株植物更富有

现在,我是平常的妇人,值得信赖的母亲
我的言行使人放心。爸爸
再过几十年,我也会这样静静地躺下来
命运所赐的,都将一一归还

那时,除了几只起起落落的麻雀
或许
还有三两朵野花
淡淡地开

入侵者

因你野性的姿态,我被快乐地创造
这感觉很美妙
现在,我是你的
你既是创造者又是创造。好吧
让我说点什么吧
这些新生的语言,简直就像一列欢快的小火车
让人吃惊地奔向那座神秘的大门
风从山谷吹来
被抛弃的腐叶也变得新鲜和饱满
那些穿过群星的事物
悄然出现在生命的窗口。现在
我和它们之间又有了某种默契的关联
而之前,我对自己一直抱有怀疑
像我历来所知道的那样——
等待是个好主意。湿漉漉的黑暗中
当你的呼吸碰到我的……
我的脸隐现痛苦
我知道,某种遥远的东西,已经来了

明月记

月亮平稳而安宁
静静地撒播它巨大的情欲
远山赤裸着
等待柔光的抚摸
啄食了草籽的鸟儿不再飞了
在巢里做着各种美梦
平原上，成熟的果树影影绰绰
沟壑里的溪流像冲破了什么
一遍一遍恣意地涌动

月光下，一切的进行都悄无声息
像默契的约定
万物都被一种力量牵引
在幽暗的虚空中轻轻漂浮，摇荡
仿佛有什么要将它们带向永恒
时间慢得令人越来越迟钝
但若明月消失，谁都能敏锐到
万物在时间的长河中
那一点点的有序消逝

怀疑之诗

那些点燃田野的油菜花
一片金光闪闪的大海
它们无声的奔腾是真的吗?

香樟树的叶子被雨撞落了一地
在对抗和逃离的欲望之间
它们闪烁不定的飞翔是真的吗?

疾飞的鸟儿彼此热烈的叫唤
这纯粹的交谈在我的大脑中停留了三秒
那愉悦的停顿是真的吗?

乌桕果炸开,像一树灰白的念头
此刻它们组成了天空的美学部分
这沉默的诉求是真的吗?

倒在无花果树下的奥古斯丁
终于拔掉了情欲的荆棘
他痛哭流涕的绝望是真的吗?

河水消失在河床中
如果消逝才能成为真正的存在

存在又是真的吗?

我充满怀疑的对视
像雨水一样把自己淹没
我的满腹怀疑是真的吗?

唯一可以确定的是
我身上那件古旧的,铅灰色衣衫

大 雪

十二月,带来了更多的冷空气
雪开始均匀地落下
它们不绕过任何事物:麦田,河流
高山,所有被放弃了的……甚至
这些思想的天鹅绒
还进入了我们空虚的身体
它们用柔软的力量
抚慰了夜晚和我们对它的渴望
它们放弃界限,缓慢而无声地繁殖着
像我们的野心,无用而固执
世界完美,仿佛还未开启
没有破败的事物,没有遗骸
只有古老的群山,在天地间,轻轻飘浮

杨 梅

"啪"地掉落下来
一个接一个
它们用低沉的声音应答闯祸的风
我站立了一会儿
散落树下的杨梅,越来越多
紫红色的,红色的,青色的
还有几天前的,已经烂掉
四月,这棵高大的杨梅树
开出了细小的紫红色的花
五月,慢慢结出青绿的果子
六月,它们长得很大
红的似乎很快可以入口
然而五年了,从来没有一颗果实
能留在树上。梅雨前
它们还未成熟,就随着风
一颗一颗掉落在地
连麻雀也没有享用过
自生自灭的事物
自然无涉悲喜
只是在宇宙里,地球上
一个偏僻的角落
为什么总是我在留意这棵树

这平静的冥冥之中
究竟蕴含了什么
而且,我感到我片刻的凝神静听
也被什么凝视着

子宫之诗

终于结束了。
我的左脚还没穿上鞋子。右脚旁
是一只大号的垃圾桶。现在
我的小腹疼痛难忍,准确地说,
是子宫。它像水果一样,潜伏着危险,容易坏掉。
我站起来,
我感觉晕眩。
我听见医生正在喊下一个病人:
67号……
一个少女走进来了:
稻草一样的头发。苍白的脸。
"躺床上,脱掉一条裤腿……"
我慢慢走出去。
大街上的人可真多啊。
一群民工潮水般涌向火车站;
卖楼处,一个男人对着另一个男人挥动着拳头;
一个漂亮的女人,站在洋餐店前,边用纸巾擦眼睛边打
　　电话;
菜市场旁,小贩在哄抢刚下船的海鲜;
一个疯子冲着人群舞动着一面旗子;
几个从饭店出来的人摇摇晃晃沿着河边又喊又唱……
这是乱糟糟的星期一。

油脂厂的烟囱带着浓烈的黑烟捅进雾蒙蒙的空气中。
哦,你过去怎么说?
这令人晕眩的世界里,一定蹲伏着一个悲哀的母兽?
是的,她一定也有过波浪一样的快感,
有过阵痛、死亡的挣扎和时代之外的呼喊。
她分娩了这个世界但又无法自己处理掉多余的渣滓。
我在路边坐下来。对面
建了一半的地铁,像一条黑暗的产道,停在那里快两年了。
"没有列车通过,它的内心一定松弛了。"我想。
甚至,一些风也绕过它的虚空。就像
也绕过我们。

活 着

我孤僻,任性,独来独往。我有不可告人的秘密,我守口
 如瓶
有时也会赏自己一记耳光

电影院我的左右都在调情
不过是,奥迪车里女人的手搭在男人的腿上

晚餐时,只有一双筷子
不过是,路边的小野菊孤单地开放

刀割破了我的手
不过是,一个梦替另一个梦说出内心的挫败

半夜醒来,黑暗里一切都醒着:邻居的旧空调,发出令人
 难以忍耐的噪音;亚麻围巾
像条绳子垂在我的头顶;剥落的墙皮啪地掉在地上
不过是,楼下的嬷嬷做着祷告,手指冰凉

我拗不过的命,一扯就碎
不过是,果子埋在土里腐烂了

和我相依为命的乳房,愈来愈颓废冰凉

不过是,冬天阴冷,远处的山被涂了一层灰

唇红齿白的女人,首饰叮当,貌美如花,还牵着狗
不过是,兔子爱吃青菜,就像我演的戏剧,剧情里我发疯
　　地跟着一个辜负我的美男子

我的丑,嘲弄了美
我虚伪的笑容,蔑视了真实

大海一再后退

天愈发寒冷。太阳似乎
也收敛了光芒。深蓝色的外套已经褪色
我仍然喜欢。这符合我陈旧的审美观。
就像那片大海,这么多年,尽管
屈从惯性的撤退,我还是获得了一座岛屿的重量
和缓慢到来的光滑。那片年轻的海
潮涌过,咆哮过,欢腾过,虚张声势过。
曾经的坚持如同宗教。
生活终归被一些小念头弄坏了。泡沫后
万物归于沉寂。并被定义为
荒谬的,倾斜的,不确定的,有限的
人至中年,我爱上了这种结局。
有谁知道呢,言辞中多出的虚无的大海
让我拥有永久的空旷

魔头贝贝

魔头贝贝,本名钱大全,曾用名钱鹏程。一九七三年农历五月十二日生于南阳卧龙岗;祖籍安徽省铜陵市枞阳县仪山乡,现在河南南阳油田。1988年开始写诗。作品入选《中国新诗百年大典》等多种选本。参加诗刊社第二十九届青春诗会。

时至今日,每次阅读魔头贝贝,我依然能依稀看见一个"少年"的身影在眼前晃动,从前他戴着"莫须有"的镣铐又蹦又跳,现在他守在烛火前,披麻戴孝或泪流满面。若是说,这位"少年"与先前的那位有何不同,只不过是在迷狂的情貌里添加了些许"儿子"的慈孝。魔头贝贝从来没有摆脱过"监舍"的囚禁之苦,现实中的"守门人"身份与经验世界里的"囚徒",在多数情况下是可以相互置换的,因此,他的写作从发端之日起,就指向着对自由的渴望,先是对有形镣铐的挣脱,然后是对无形牢室的反复冲撞。明白了这一点,就不难理解魔头贝贝绝大多数作品中所呈现出来的阴冷气质,那些玻璃碎片一般在月光下闪现的孤寒,他所有的迷乱,佯狂,纵情,恣意……其实都是这些碎片发出的光斑。

读魔头贝贝的诗我毫不吝啬"天才"一词。这个人身上确实具有罕见的语言天赋,和极其独特的感受力。他总是能在有限的情感空间里,借助词语自身的表现力,传导出令人震惊又哑口无言的情感的波峰体验。物象的杂乱似乎丝毫影响不了他的诗意生长路径,东扯西拉的词语组合,唐突无序的日常意象,两相对峙的语义走向,在其高妙的语言技艺支配下化成了一阵阵凌厉的掌风。这就是一种本事。魔头贝贝是一位有本事的诗人。

寒 流

把刀插进刀鞘就像
把我放回肉体里。表面的平静。
活着的人,有的还在争取,有的
已完全放弃。

夜晚来了。天
又黑了。虽然夜晚终将过去。
我在守卫:我在写诗。
星空辽阔,毫无意义。

少年与死亡

从前的雨丝
和手铐。
现在他刮完胡子，挪到阳台。

下面，她的脸不是
她的脸。
他头顶的蓝
说出了一切：什么
都没发生。

东半球的寂静里
有细碎的喧闹。
人在生人，牲畜在怀孕。
河南省含着
五道庙看守所。像内裤
上的一点精斑。

相见欢

已经很久没有听见
清晨的鸟叫

光照到脸上
仿佛喜欢的人
来到身边

短暂的明亮之后

短暂的明亮之后
群山归于黑暗的静寂。
大约十点
我们在凉爽的木屋做爱。
溪水流过
亿万年前的峡谷。

外面的城市有灯光。
那么多人
睡在坚硬的建筑里
也有的整夜看电视
——另一个
世界的图像和声音。

越人歌

茶树菇排骨汤。
黄豆猪手汤。
我感到种子在萌芽
忽明忽暗。

南京长江大桥和迷茫的水面。
你的舌头依然停留在我嘴里。
睡莲粉红
白蝴蝶四下翻飞。

第一次

第一次摸到乳房是在妈妈臂弯。
第二次摸到
隔着你薄薄羊毛衫。
很多个深夜
尤其少量酒后
我回忆着那些细节
但好像越来越失真。
月亮的银辉倾泻在四月幽暗的麦田里
我感到紧张
当你离开我我听着你在旁边不远的地方蹲着撒尿。

已经十四个春天了。
那片麦地
早已经变成幢幢高楼的住宅区。
东湖橘园中
蓝色白色的野花星星点点
你笑着把一捧青草扔在我头上。
我们谈到男孩儿女孩儿都一样
不过是构造不一样。
我一直没有说出我最渴望的
其实是你紧绷绷的牛仔裤遮蔽的两腿间。

我妻子现在和昨晚一样正在隔壁看电视。
在一桩扑朔迷离的凶杀案前
品味着生活的危险。
我感到遗憾
当你从汽车上下来笑着把行李递给我我没有接
因为对你一直没来监狱看我耿耿于怀。
这些小事无人知道除了我可能你也已经完全忘记。
除了青春
时间似乎还带走了
另外一些东西。

声 音

肉吃着肉。
撕裂的声音。
撞击时
刹车的声音之后
痛哭的声音。
我听不到花开的声音因为
里面不够寂静。

平底锅上蛋被油
煎熬的声音。
数票子
吞口水的声音。
这几乎是假的——
皮带掠过空气
嗖嗖的声音。

苦楝树
勿忘我。
砍断和
拔掉的声音。
人们在大街走动——
炉膛里

噼啪噼啪焚烧的声音。

手机中你女孩子的声音宛如
青草缀满露珠。
我害怕它
破灭的声音。
我听不到花开的声音因为
过早听到凋零。

我和你

王八住在
乌龟洞穴。
相似的壳
使它们误以为同类。
我和你在一起
在钢筋水泥里。
在吃喝拉撒中
粗暴或轻柔。

在乡村或城市
人们掩盖两腿间的器官。
春天百花开
冬天雪花飘
松柏却始终举着
青青的树冠。
我和你在一起
身体却属于各自省份。

风吹散了烟雾。
斧子劈向
怀里的针尖。
出于留恋

奄奄一息的烛火最后闪耀了几下
我醒着仿佛
随地球转动的一座坟墓。
我曾立在枝头
等你展翅归来。

守口如瓶

不结果子的桃花也开放。
风吹草动,蝶舞莺飞,必死无疑。
女孩子牵着小狗。唇边的笑
像初生的羊羔。

四月。一切都晚了,来不及了。
春光明媚深处,冰雪从未消融。

昼夜之间

微风中油菜花开到极端。
寂寞美好,轻轻荡漾,欲言又止。
白天快黑了。
当我忍不住回头。金黄暮年
扑面而来。

丰富的晚餐。简洁的诗句。
我不用纯蓝而用碳素不是我能选择的。单位
六个月就发两瓶。我不用形容词尽量不。
我选择名词和动词。身体和行为
由一只手操纵。

有时我觉得我是我的邻居
在隔壁走动、沉醉。
我觉得我缠满了绷带
被拴在亲人旁边。在死刑
执行之前。

在自家的小卖店

庭院里内脏招蚊蝇。
米饭足够白。但我和你的头发
始终黑着。

活人的手指听到了利润
在东西递讨去的刹那。在
坟墓上,青草带着落日余温。

余怒。在安庆。卡夫卡在二楼
的书房。我已两年没翻他。
一位凄凉的马克思,表面烫金。

更激烈的吊扇也不能驱走
突兀到来的怜悯。我经常
怜悯我。当第三瓶,啪地打开。

起风了。门口垃圾袋飞翔。
唰唰的树叶
使无我有了声音、颜色、形状。

浮 世

香烛的气息。尘世熏黑了菩萨。
邻居送来五条命。五只风干鸡。
大街上购置年货者与寒冷为伴。

女孩子露着长筒袜。像几封
寄给春天的粉红的信。蝶恋花。
勿忘我摇曳在那儿。俱往矣。

小幽暗独饮大星空。潸然
泪下。在省略号后面。
没有谁被治愈。在地球医院。

一首孕育中的诗像未出生的
胎儿憋着狠狠的哭。
冰的痰,梗着倾诉的嗓子。

四季周而复始。
我们踏步在笑过、亮过的原地。
一个个青春,一个一个斑白。

在工作中

值班室外沟渠青蛙叫唤。
喉咙里的绳索,捆绑未来。

一只蚊子渴血的嘴是
世界的嘴:风在其中,吹拂空洞。

更饿了。眼前只有快餐面
乏味的事实。

屋后柿子树用墨绿颤抖
回应花椒树暗暗的尖刺。

明月冷冷温柔。
星辰陡峭。相当于从骨灰到骨肉。

桎梏经

地球外亮着一盏
监视囚犯的月。
埋掉般吹拂,空气的铁丝网。
在走向新生的垂死前
哑剧中的无期徒刑,在睡梦中千姿百态。

七点多妈妈打来电话。
不要熬夜啊,空调别开太低啊
少抽烟啊。仿佛瞬息的假释。
仿佛安静
露了馅,周遭的蝉鸣。

凌晨两点值班室外灯光下三只小猫
在默默吃树根旁我倒的剩饭菜。
后来我离近了它们跑了。黑,黑白,白。
远远地,它们的回望
把我的镣铐,蹭出轻薄的温柔。

共苦经

散步般的疾驰。
写作的手,移动在歧途
上的星空——用来上吊,哀悼
勾勒出满月的圈套。

像被祝贺,墓碑
接受了鲜花。却拦住了
人间的拥抱。
燕子回来了。如投影穿梭镜面。

如烧烤摊滋滋
冒烟的肉仍是
禽兽的一部分,我仍是
你千里外的邻居。被母亲含着。

被空气煮着
煎着、焖着:锅盖扣着的寰球。

日损经

下午四点。和老母亲散了会儿步。期间
谈到失踪的飞机,吃香椿
一定要用开水焯一下。然后
并排坐在草坡。晒太阳。听手机里大悲咒。无言良久。

有的沉默像墙角堆积的空啤酒易拉罐,天天增长。
有的沉默。像眼前海棠花,淡粉,风一吹,片片零落。
有的沉默像你
刚刚完成了一首诗——把痕迹交错、反复涂改的
满满一张白纸,倒扣桌面,使之看上去什么也没发生。

清明经

晨曦中幽暗的祭品:万物。
开在相框里,笑容。
一小时车程。另一生,就被抛到脑后。

然后她忙着给楼上
打麻将的做午饭。
餐费二十桌钱四十。不时传来舅舅的安徽口音。

顶层露台。一口铝锅内
小乌龟趴在大乌龟背上,晒太阳。
小时候,群山怀抱中
外婆也这样用竹篓背着我,不知农药滋味。

无门经

古井里的一轮明月。
含着羽翼,树的黑。
时针在消化一盘残局。
钻心虫和倏忽脸。

昨天下午散步老母亲问
儿啊,你是不是等我百年之后
就出家当和尚?我不语。
我暂时还贪酒、好色
每个月总有那么一刻,泪流满面。

上 邪

1

出租上。
到火车站接妹妹外甥途中。
麦田赤裸。像结束了,还要发生。

我的老母亲像
窗外不说话的蓝那样
絮絮叨叨爱我。
她染黑的白发。像温柔的雪崩。

2

火车站送妹妹外甥归来。
出租上。铁的涟漪禁锢中。

我的老母亲像
窗外蓝紫的星那样
一闪一闪爱我。
她染黑
的白发。像永不到来的雪崩。

赵志明

赵志明，江苏常州人，2001年毕业于南京师范大学文学院文科基地班，2020年毕业于中国人民大学创造性写作班。1998年开始诗歌、小说创作，诗歌作品主要发表于"他们文学论坛"，小说作品散见于《人民文学》《长江文艺》《芙蓉》《小说界》《青春》《青年作家》《雨花》等刊物。迄今出版《我亲爱的精神病患者》《青蛙满足灵魂的想象》《万物停止生长时》《无影人》《中国怪谈》《帝运匠心》《黄帝》等多部作品。有作品被翻译成西班牙语、瑞典语、韩语、日语、俄语等。现居北京，从事文学期刊编辑工作。

赵志明是优秀的小说家,我曾说他的小说重新恢复了中国传统文学里"讲古"的能力,那种日常生活中传奇的叙事表现力,令人印象深刻。但他同时还是一位异常优秀的诗人,甚至他的诗名更早于他的小说家之名。这种现象在"第三代"之后的当代诗界,尤其是在"他们""废话"等诗群中非常普遍。作为也曾尝试过小说文体的写作者,我固执地认为,诗人创作小说的根本目的是让自己的写作更好地回到更广阔的文学谱系中去,而非为了追求所谓的"诗意"。从这个意义出发,赵志明的写作不存在"跨文体"之说,只是面对具体的材质时,他的选择自有其侧重点。对完整性的追求,以及如何从僵死的文学俗套中解救自身,释放出个体写作的强大生命力,这或许是越来越多的年轻一代写作者的选择。

阅读赵志明的诗,很容易找到他的诗歌写作谱系,但吸引我的正是他不经意中流露的这种谦卑,敢于无羁地彰显出自我传承痕迹的地方。他的诗歌最可贵之处,就在于放大了他心目中纯正诗歌的耀眼之光,那些波光闪烁的语言回应着他曾经的和正在经受的生活,既朴实,又机巧,在貌似老成中鼓荡着青春的莽撞之气。在从南京到北京的辗转过程中,所幸他身上既没有"金陵气息",也没有"北平气息",有的只是横贯在他生命中的那条大河的气息,扑面而来,裹挟着这个时代的气味和响声。

简单的算术题

从前有一户人家,三口人:
父亲,母亲和孩子。
(1+1+1=3)
过了几年,父亲去世,
就只剩下母亲和孩子,两口人。
(3-1=2)

母亲想记住丈夫,
孩子想记住父亲;
为了给自己提个醒,
他们想出了一个方法。
(38=34;38=11)

每一年,他们都要互相提问。
先是母亲问孩子,
你的父亲死去多少年了?
孩子就开始计算:
12-11=1
然后是孩子问母亲,
然后是母亲做算术题。

每一年都这样,重复

数字在改变

死者是参照物

孩子在长大,而母亲在苍老。

做算术题,流泪。

有时候也换一下形式,

是问父亲哪一年走的,

这个问题比较复杂,

其实是两道算术题。

(14岁＝1997年,14－11＝3,1997年－3＝1994年)

可是我们不知道世界有什么变化,

他们在他们封闭的世界里做算术题,

有没有从减法做到加法?

世界维持1994年的老样子:

父亲死掉,母亲和孩子也死掉。

(3－1＝0)

高高的堤岸

是送葬的人群行走在高高的河堤。
是一个孤独的孩子,
虽然走出了送葬者的行列,
但心里依然为死者抽噎悲戚,
逝者如斯夫,是父亲,
而不是这条河流,
这条河流作为刽子手,
部分收留了死者,部分象征了死者,
他的音容笑貌,有时出现在
河水的层层柔波里,
宛如梦里那些急遽翻飞的树叶。

十七年,我喝着这条河流的水长大,
十七年,经过我的唇齿胃,消化排泄,
河流死亡的气息不减。
在高高的河堤,我接受成长的风吹,
变形再变形,以至于我的母亲,
在我的身上再找不出父亲丝毫的印记。
我的父亲无法见证我的成长,
但他没有放弃作为父亲的影响,
多少次我朝河流弯下身子,
在掬起的一捧水里,
是什么脸一闪而过。

美味汤

一些肉切碎
一些小蘑菇切得更小
一些豆腐切成小豆腐
一些青菜叶子是完整的
肯定还有一些什么
是我不知道的
被母亲悄悄加在汤里
她看着我喝,笑
吃完了母亲收拾桌子
也肯定有一些什么
是我不知道的
被母亲悄悄从桌上抹掉
整十年过去了
生活没有变得更好
也没有变得更糟
母亲的美味汤却再没有喝过

姐 姐

他们说我要做舅舅了
我眼巴巴盼着
他们告诉我傻子鱼催奶
我就一个个码头地钓
亲朋好友来看你
拎着馓子,红糖,鸡蛋
和老母鸡
你脸色苍白
好几次我看到你偷偷哭泣
姐姐,你的眼泪水
让我明白了一些事体
我要用弹弓打瞎
那个欺负你的男人的眼睛
我要好好爱女孩
不让她受半点委屈
可是这些都不能
让你快乐和幸福起来啊
姐姐

桑葚

桑林翠绿一片
桑葚乌黑,藏身其间。
吃了桑葚的人,一眼就能分辨,
嘴唇到牙齿,全被汁液涂染。
但有的人并没有吃过桑葚,
只是揉碎桑葚涂了个满脸花,
还到处炫耀,他吃的桑葚最多。

桑林翠绿一片
桑葚乌黑,藏身其间。

三棵桃树

有三棵桃树,扎根在土里
不结果子白长叶子白开花
这样要经过三年
到了第四个年头
扎根在土里的三棵桃树
也长叶子也开花也结果子
叶子要少长
风不要吹落花
手指头不要乱点小青桃
三棵桃树站成三角形
你们要拼命结果子
去取悦把你们种下的老人
把你们当成一种经济来源的老人
你们要感恩并且心存怜悯
不要在她离世之前就枯萎
请为她抽青发芽,开花结果

沿着一条河走

沿着一条河走，
沿着一个出事的地点走，
沿着尖只河，沿着马公河，
沿着众多缤纷交叉的河道，
所有有名的或者野河，
不外乎是人工河，
是用手抠出来的，
是用膝顶出来的，
是用身体钻出来的，
有时候会迷路，
但总是能摸得出去，
水往东流，水往低处流，
这样就到了太湖，
这样就到了长江，
再到黄浦江，就进海了，
海水是咸的。

无妄之望

在现实中我刻意保持无知和清醒
在梦里面我就是一个惊呆的孩子
看着世界容易改变并且重点突出
我从来不记下什么虽然我有纸和笔
还有记忆还有你

哭泣的时候我的左眼和右眼相对
孤寂的时候我的两只耳朵互相聆听
世界是一个偏瘫患者
吃力地放弃他的一半身体
但不是因为你

甚至和你相爱,把你抱在怀里
我也不是很强烈地感觉到你
仿佛只是和自己在嬉戏
我说过我更愿意像一个孩子
除了你嘴里的风声我什么也不想听

敬酒歌

向美人敬上第一杯酒
我这是酒后吐真言
借酒胆表达我的仰慕之心
我多想和你亲近
这杯酒我们怎么说？

向美人敬上第二杯酒
我这是酒后起色心
借迷离表达我的蠢蠢之念
我想和你多亲近
这杯酒我们一口干了吧！

向美人敬上第三杯酒
颓废的念头阻挡不住呵
我没有江山只爱美人
我先干为敬
你看着办吧

行乞者

局部的脑部偏瘫
或者典型的歪脖子病
卸下手臂如我们是塑料玩具
卸下我们身体任意的一部分
将我们内部的器官掏出体外
将我们的双足盘上我们的头
身体焊接在装有小轮的木板上
然后用手臂点地在大街游荡
让我们裸露的身体被空气划伤
脸上流露出无辜者无厌的表情
眼睛射出的光线肆无忌惮地交媾
嘴里吐出恶臭的浊气弥漫成雾
这个城市滋生我们又被我们占领
我们不烧杀抢掠
我们痛快地扮演行乞者
时刻濒临死亡却总是不死

雨 声

西米告诉我
成都又下雨了
一晚竟然来两次!
(什么来两次?)
我想到第一次
通电话的那个晚上
成都也下雨
她让我听到了
成都的雨声
和她自己的声音
也是两次

雨下在一小圈水面

雨下在一小圈水面,
当雨点在水面开花,
整个画面突然凝固,
不再延及更大的水域,
与过去将来一刀两断,
所以水面开花且平静。

吃苹果的男人

吃苹果的男人不止一个
五个吃苹果的男人
排队和我擦肩而过
他们都是左手拿着苹果
削了皮的苹果
散发出苹果的味道
最后一个人
也就是第五个人
右手握着一把刀
其他四个人右手都是空着的
他们走过去了
我才注意到这一区别
想来正是这把刀
削去了五个苹果的皮

割稻子的人总是弯腰驼背
—— 给曹寇

他们摸黑早起磨刀
在院子里在一碗水中在
微弱的星星下
他们悄声细语
夹着镰刀去地里
露水仍在生成
湿了他们的衣鞋
成把的稻子被割下
齐刷刷放在一边
割稻子的人总是弯腰驼背
像吃水很深的船只剖开水面
沉默的铁犁翻垦泥土
此时光还不够强烈
能看到下镰的地方
却晃不出实物的影子
稻子们纷纷倒下
倒在它们成为影子的地方
新铺上的一层露水
被明亮起来的光照干

在一条河里

在一条流淌着命运的河里
大鱼要吃小鱼
小鱼躲避被吃
同时吃虾米
虾米藏身绿色的水藻
它们还不停地吃烂泥
烂泥是河蚌的家
河蚌在幻想珍珠
一个老太敲木鱼

和董海燕在河堤散步

风迎面吹
和董海燕沿着河堤散步
秋收后的斑驳四野在暮色里渐渐隐去
星星开始越来越多地出现
脚步声也变得动听起来

骨 灰

我们把父亲的骨灰盒抱回来
睡觉的时候放在床上
谁都知道不应该去碰它
可还是碰翻了
父亲的骨灰撒在被单上
我们将一捧捧的骨灰倒回盒子
感到骨灰的柔软和光滑
手和腿沾上的也被小心抖落
我们还原了一个完整的父亲
夹杂着愧疚、恐惧和爱

盛 宴

我的小儿子
客人都已来
拿钱去买酒
见样买一点

白雪下得白
狗在门口叫
茅檐低小
客人进门得弯腰

难得来客人
虽然要花钱
花钱算什么
客人难得来

客人来复归
白雪还在飘
狗已经不叫
夜晚啊静悄悄

十 年

十年前，你还是一个小女孩
涂孩儿面奶，文静或者活泼
出奇的干净
没有成熟那令人痛心的表情

十年前，我可以放心和你亲近
抱你在怀里或者举向天空
十年前，我没有险恶用心
不是你的坏人

祝福小女孩不要长大
十年之后没有紧跟的十年
永远是一个干净的女儿
没有沦落为自己肮脏的姐妹……

两盆仙人球

两盆仙人球
一盆长势良好
一盆正在枯萎
当初它们一左一右
像少女的两只乳房
饱满,上面布满假想的尖刺

正在枯萎的那盆仙人球
从内部开始收缩
从底部开始褪色
我用手指触摸还坚硬的利刺
但不敢去碰那层发黑的肌肤
心里充满了遗憾

至于好的仙人球
我觉得它饱满而孤独

总有一天

我们恢复了孤儿的身份
裸体相爱
既是绿色的叶子也吐火红的花

跋

几年前,我编辑出版了一部当代诗选《神的家里全是人》。这本书的部分内容先在腾讯文化"诗刻"栏目推出,后来由江苏凤凰文艺出版社全文结集出版发行,反响很好,被很多读者称为"了解当代汉语诗歌写作的一扇明亮的窗口"。辑录其中的40位诗人都是当前诗坛非常活跃的写作者,个人面貌清晰,且充满了异质性。几年过去了,我的阅读视野和诗学趣味也在不断调整变化中,一些诗人的写作依然持续地吸引着我,另有一些新鲜的面孔引起了我的注目。在反复阅读,甄别和筛选过程中,于是有了这样一本新的诗歌选本:《地球上的宅基地》,它由30位诗人构成,书名取自于诗人陈小三的诗《父亲》。在我看来,"地球上的宅基地"这句话恰好准确地呈示出了当代汉语诗歌写作的真实境况:既自由又自囿,既充满了各种融合与交叉的可能,又在各自为阵中走向了孤绝和自以为是。美学趣味的分野应该视为现代汉诗走向繁荣的标配之一,永远应该受到珍视。作为编选者,我最为看重的其实还不是时下流行的"共情"性,而是写作者个性里面张扬出来的那种绝尘而去的力量,而这样的力量在这个选本中得到了较为充分的呈现。

如果不是因为疫情,这本诗选理应顺利面世了。但正是因为疫情带来的各种变故,迫使我们去重新思考诗歌与生活的关系,重新审视诗歌写作这种纯个人的精神活动,是怎样与人类的整体命运发生瓜葛的。我也越来越清晰地认识到,惟有建立在信之上的写作,才有机会为我们提供免于恐惧的命运,而获取信的途径,不外乎以身试法或以身犯险。(这里的"法"与"险",都是人类的成见与个人的局限。)这是一种勇气,更是一种能力。而书中的这30位诗人都是有这种勇气和能力的人,阅读与荐读他们的过程,于我而言都是享受。

2020-6 武汉